KB234529

세상에서 가장 행복한 동행 

세상에서 가장

행복한 동행

Let me go with you······ always····.

김하 엮음

뜻이있는 사람들

신랑 신부의 입장에 이어 주례사가 시작되었습니다.
하객들 모두 진지한 눈빛으로 주례사를 듣고 있는데,
돌연 흰 장갑을 낀 신랑의 손이 부지런히 움직였습니다.
신랑은 신부에게 수화로 주례 내용을 알려 주고 있었던 것입니다.
"여기, 세상에서 가장 훌륭한 신랑이 가장 아름다운 신부에게
이 세상에서 가장 아름다운 말을 해주고 있습니다."

목차

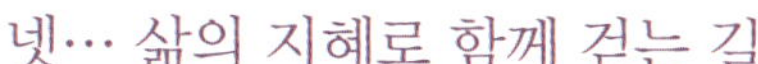

엮은이의 말

우리는 인생을 살아 가면서 날마다 행복해지기를 원합니다.
비록 힘들었던 어제가 있고, 현재 역시 고단해도 또 다른 내일
이 있기에 힘든 오늘도 열심히 살아 가고 있습니다.

그런데 사람이 행복하게 산다는 것은 대체 뭘까요? 많은 돈에
커다란 저택에서 살면 저절로 행복해질까요?

옛날부터 수많은 철학자들과 현자들이 이 행복에 대해서 나
름대로 주장을 펼쳤습니다.

과욕을 버려라, 소유에 집착하지 마라, 행복은 좇아가지 말고
그것이 나를 찾아오게 하라…… 수많은 명언과 교훈들이 있지
만, 말처럼 쉬운 일은 아닙니다.

우리가 행복해지기 위해서는 먼저 마음을 고쳐 먹어야 합니
다. 그래야 하루하루가 기쁘고 인생 자체가 즐거운 것이 됩니다.

창가의 한 소녀가 창 밖 정원에서 식구들이 죽은 강아지를 파

묻는 것을 보고 슬픔의 눈물을 흘리고 있었습니다. 방금 전까지만 해도 소녀의 품안에서 같이 뛰놀던 강아지였습니다. 이윽고, 할아버지가 소녀를 다른 창가로 데려 가서 활짝 핀 장미화원을 보여 주었습니다. 그러자 소녀의 얼굴에서 슬픔이 사라지고 금세 명랑해졌습니다. 할아버지가 말씀하셨습니다.

"애야, 넌 아까 창문을 잘못 연 거야."

우리도 살면서 종종 '창'을 잘못 여는 경우가 있지 않을까요?

고대 철학자 데모크리토스가 말했습니다. '행복과 불행은 한 지붕 아래 살고 있으며, 번영의 옆방에 파멸이 살고, 성공의 옆방에 실패가 살고 있다. 행복과 불행은 모두 마음먹기에 달려 있다' 고 말입니다.

서로 다른 창은 우리에게 곧잘 닫힌 마음의 문을 열어 주곤 합니다. 어느 날 갑자기 인생이 쓸쓸하고 우울해질 때, 잘 생각해 보십시오. 혹시 내가 창문을 잘못 연 것은 아닌가 하고.

행복의 부피는 각자에게 주어진 삶의 시간을 얼마나 긍정적으로 열심히 사는가, 얼마나 기쁘게 사는가에 달렸습니다. 기쁨이란 어떤 명확한 목적을 세우고 그것을 위해 온갖 정력을 쏟아 부을 때 자기도 모르게 찾아오는 것입니다.

기쁘게 사는 비결은 의외로 간단합니다. 일상의 번잡함과 혼란으로부터 벗어나 가능하면 소박하고 단순하게 살아야 합니다. 열심히 땀 흘려서 스스로의 몫을 누리는 이 간단한 이치는,

자기가 빚은 술을 맛보는 것처럼 우아한 것입니다.

'산 너머 저 멀리에 행복이 있다 하기에 찾아갔건만 눈물 지으며 되돌아왔네' 라고 노래한 시인 칼 부세의 말처럼, 행복은 그리 멀리 있는 것이 아닙니다. 바로 현재를 사는 우리들 곁에, 도처에 널려 있습니다. 우리가 할 일은 '창' 을 잘 골라 열어야 하고, 소중한 오늘을 기쁘고 감사하게 살아 가는 일일 것입니다.

사랑으로 함께 걷는 길

내겐 아주 특별한 여우

내 이름은 김진표, 낭만을 꿈꾸는 이 시대 마지막 로맨티스트다. 지난겨울 서울의 모 대학에 합격하여 자취 생활을 시작했을 때 나는 꿈에 부풀어 있었다.

나는 내 이상향으로, 긴 생머리에 눈망울이 큰 청순가련형의 여자 친구를 원했다. 그녀가 내 자취방에 찾아와 청소도 해주고 같이 밥도 해 먹으면서 함께 공부하는 멜로드라마와 같은 그런 꿈을 꾸었는데, 그런데……!

"야, 김진표!"

"어?"

"빨리 밥 내놔!"

"어, 조그만 기다려. 얼른 해줄게."

"에이, 들어왔음 밥부터 해 놔야 할 거 아냐? 이러니 내가 점점 꼬챙이가 돼 가지!"

낮잠을 즐기던 그녀가 부스스 눈을 비비며 소리쳤고, 나는 부랴부랴 부엌에 들어가 찌개를 덥힌다.

밥상을 차려 들고 방으로 들어가니 굶주린 야수처럼 그녀가 달려온다.

"아, 배고파 죽는 줄 알았네! 음…… 국물 맛이 죽이는군. 그래, 바로 이 맛이야!"

미친 듯이 밥그릇을 비운 그녀가 갑자기 나를 다정스런 눈빛으로 바라본다. 이에 나도 남자인지라 가슴이 설레는데…….

"진표야……."

한껏 다정스런 그녀의 목소리에 가슴이 두근거리고 내 목소리도 잦아든다.

"응……?"

"나…… 왠지 아이스크림이 먹고 싶어."

어이구, 그러면 그렇지……!

그녀가 돈을 내민다.

"자, 돈 줄께."

늘 그랬듯이 오늘도 5백 원이다.

갑자기 내 신세가 한스러워 콧날이 시큰해지고, 말없이 돌아서는 내 등 뒤로 그녀의 한마디가 비수처럼 날아와 꽂힌다.

"참, 오는 길에 디스도 한 갑 사 와!"

아, 처량한 내 신세여!

정은아, 내가 그녀를 처음 만난 것은 모 온라인 카페의 번개 모임에서였다. 긴 생머리에 큰 눈을 동그랗게 뜨고 나를 바라보던 그녀의 모습은 영락없는 내 이상형이었다. 그녀의 첫 모습에 홀딱 반한 나는 며칠 후 과감히 대시했고, 뜻밖에도 그녀는 선선히 나의 뜻을 받아주었다. 아, 이렇게 아름다운 여자가 내 애인이 되다니……! 그때만 해도 나는 하늘을 나는 듯했다.

그러나 남자들이여, 절대로 여자의 겉모습에 속아서는 안 된다. 절대로……!

내 자취방 열쇠를 복사하여 은아에게 건네주던 날, 그녀의 눈빛에서 번뜩이던 그 사악함을 나는 잊을 수가 없다. 그 후 열쇠를 준 것에 대해 얼마나 후회했던가.

하루는 학교에서 돌아와 보니 깨끗이 치워 놓고 나간 방이 난장판이었다. 과자 부스러기에 빈 캔들이 굴러다니고 한쪽 구석엔 아무렇게나 벗어 던져 버린 양말……. 은아가 방 한가운데서 두 팔을 쫙 벌리고 누워 입을 헤 벌린 채 자고 있었다.

기가 막혀 말이 안 나왔다. 멍하니 서서 그녀를 굽어보았다. 갑자기 그녀가 잠꼬대처럼 웅얼웅얼하더니 천천히 손을 움직였다. 이윽고 그 손을 바지 속으로 넣더니 북북 자기 허벅지를 긁어 대는 것 아닌가. 아, 저 여자, 내가 사랑하는 그녀 맞아……?

학교에서 돌아오는 길에 갑자기 치킨이 먹고 싶어졌다. 한참을 망설인 끝에 프라이드치킨을 한 마리 샀다. 오랜만에 TV를 보며 치킨을 먹을 생각을 하니 기분이 좋아졌다. 그러나 집 앞에 도착해서 열쇠를 꽂을 때 느닷없이 엄습해 오는 그 불길함이란……? 설마, 설마 했으나…… 역시, 은아가 와 있었다.

그런데 웬일인지 방안도 깨끗했고, 책상 앞에 앉은 그녀는 뭔가를 열심히 하고 있었다. 오늘 따라 정말 기특한 모습이었다. 닭 사 오길 정말 잘한 것 같았다.

그녀가 고개를 돌려 나를 보았다.

"어, 왔어?"

"뭐해? 공부하고 있어?"

"진표야, 이거 내가 그린 건데, 어때? 잘 그렸지?"

은아가 무척 유쾌한 표정으로 뭔가를 쳐들었다. 하얀 종이 위에 짱구 그림이 가득했다.

"이것 봐. 이건 엉덩이 외계인 춤추는 거고, 이건 시체놀이 하는 거고, 이건 짱구가 흥분한 모습이야. 잘 그렸지? 똑같지?"

그럼 그렇지, 네가 무슨 공부를 한다고.

응? 근데 뭐가 좀 이상하다……? 저 종이, 짱구 그림이 그려진 저 종이, 어디서 많이 본 것 같은데……?

"으아아악! 그건 내일 낼 리포트잖아!"

밤 새워 쓴 20여 장의 저 리포트, 하드에 저장도 안 했는데……!

방방 날뛰는 내 모습을 그녀가 가만히 지켜보고만 있다. 제 깐에도 미안했는지 아무 말 못한다.

그래, 놀란 건 그녀도 마찬가지일 거야. 더 이상 소란 피지 말자. 이미 엎질러진 물, 화내서 무엇 하랴.

가만히 내 눈치를 살피던 은아가 이윽고 입을 연다.

"야, 닭 사 왔으면 빨리 먹자. 식으면 맛없어!"

리포트 따윈 벌써 잊은 표정으로 닭다리를 집어 드는 그녀, 악마가 따로 없다.

열심히 닭을 먹는 그녀, 카리스마가 넘친다. 나머지 닭다리를 향해 가던 나의 손이 그녀의 카리스마에 눌려 옆의 가슴살을 집어 든다.

"진표야."

"어?"

"빨래감 가져왔는데, 좀 빨아 놔."

"으응……."

은아와 모처럼 신촌에 나갔다.

방바닥을 뒹굴며 먹어 대기만 하던 그녀가 밖에서 보니 왠지 색다르다. 마치 첫 데이트 때처럼 기분이 설렌다.

한동안 걷기만 하던 그녀가 갑자기 다정한 눈빛으로 나를 본다. 아, 저 동그란 눈동자……. 나도 모르게 가슴이 두근거린다. 어색해진 내가 얼른 화제를 떠올린다.

"어, 있잖아…… 내가 손금 봐 줄까?"

"손금? 네가 그런 것도 볼 줄 알아?"

"그럼! 어제 우리 과 여자애도 손금 봐 줬는데, 너무 잘 맞는다고 신기해 죽으려고 하더라."

"뭐? 여자애 손금을 봐 줬다고?"

그녀가 살벌한 표정을 짓고, 나는 속으로 뜨끔 한다.

"그럼 그 여자애 손을 잡았단 말이야?"

"아, 아니, 그게 아니라……."

"됐어! 변명 같은 건 집어치워!"

"……?"

그녀가 혼자 빠르게 걷기 시작한다.

아, 바보 같은 녀석, 뭣 하러 그런 얘긴 꺼내 갖고……. 그나저나, 겨우 그런 일로 저렇게 방방 뜰 건 뭐람!

나는 엉거주춤한 모습으로 그녀의 뒤를 따르며, 아무 말도 할 수가 없었다.

갑자기 그녀가 백화점으로 들어간다. 나는 눈을 치켜뜨고 그녀를 놓치지 않기 위해 열심히 따라붙는다. 뒤도 보지 않던 그녀가 갑자기 우뚝 멈춰 선다. 나 역시 멈춰 서서 조심스럽게 눈치를 살핀다.

그녀가 갑자기 뒤돌아 나를 똑바로 본다. 그리고 말한다.

"야, 이 옷 예쁘지 않아?"

"……!"

"음, 정말 예쁜걸…… 음, 음…….."

"그, 그거 갖고 싶어?"

"응!"

뭔가를 소유하고픈 욕망에 불타는 저 초롱초롱한 눈빛……
정말 무섭다……!

"그, 근데…… 나 지금 돈이 없는데?"

"현금카드 있잖아?"

"……!"

또 당했다!

눈물을 머금고 현금인출기 앞으로 다가가 카드를 집어넣자,
갑자기 그녀가 뒤에서 손가락을 뻗어 내 비밀번호를 띠디디디
누르고는 10만 원을 뽑는다. 잔고를 보니 550원 남았다…….

입대 영장이 나왔다. 군복무를
마치고 전역할 즈음이면 그녀는 이미 학교를 졸업하고 직장에
다닐 것이다. 나는 겨우 3학년에 복학할 테고.

그때쯤 은아는 직장에 다니면서 좋은 남자를 만나겠지. 후후,

이래서 동갑은 안 되나 보다. 그녀가 다른 남자에게 가 버릴 걸 생각하니 가슴이 아프다. 제길, 난 왜 그녀보다 한 3년쯤 먼저 태어나지 못했을까?

예전에 읽은 『노란 손수건』이라는 책의 줄거리가 떠오른다.

한 남자가 감옥에 가면서 사랑하는 여자에게 말한다. 만일 그 때까지 자기를 기다려 준다면 자신이 출소하는 날 나무에 노란 손수건을 달아 놓으라고. 형기를 마친 남자가 별 기대 않고 고 향으로 돌아오는데 마을 어귀의 커다란 나무에 노란 손수건이 가득 달려 있더라는 아름다운 이야기…….

만화책에 얼굴을 묻고 키득거리고 있는 그녀에게 조용히 말 했다.

"은아야."

"응?"

"있잖아…… 부탁이 있어."

"뭔데?"

"만일 내가 전역할 때까지 기다려 줄 수 있다면…… 내가 돌 아오는 날 동네 입구에 있는 나무에 노란 손수건을 달아 줘. 멀 리서도 볼 수 있도록…….""

"진표야."

"응."

"나 나무 못 올라가."

"……!"

남자가 훈련소에 입소할 때 여자가 눈물을 흘리면 그녀는 반드시 고무신을 거꾸로 신는다고 하던데, 은아는 그 날 눈물을 펑펑 쏟으며 울었다.

낯설고 힘든 군 생활에 차츰 익숙해질 무렵, 일주일에 두 번 정도 오던 은아의 편지가 뜸해졌다. 면회 횟수도 잦아져서 나중에는 언제 얼굴 봤는지조차 희미해졌다.

그 무렵 면회 오는 다른 친구들로부터 그녀의 소식을 듣게 되었다. 긴 생머리 풀풀 날리던 그녀가 짧게 커트를 하고 하늘을 날아다니는 스튜어디스가 되었다고. 많이 세련되고 많이 어른스러워졌다고.

그래, 바빠서 못 오는 걸 거야. 그래서 편지도 자주 못 쓰고. 은아도 이젠 바쁠 때가 됐지. 사회인이니까. 그런데 젠장…… 왜 눈물이 나는 거야……? 에이, 세상에 널린 게 여자다.

김진표, 이번엔 좀 여자다운 여자 좀 꼬셔 보자. 얌전하고 밥도 잘하고 내 말 고분고분 잘 듣는 예쁜 후배 하나 꼬시면 되지 뭐……. 뭐, 그 불여우가 많이 보고 싶긴 하지만…….

어느덧 2년 2개월이라는 시간이 흐르고 전역의 날이 왔다. 나는 혹시나 하는 마음으로 서둘러 자취방으로 향했다. 지난 몇 달 동안 아무 연락도 없었지만,

혹시나 나무에 노란 손수건이 달려 있지 않을까 하고.

마침내 동네 입구에 도착했고, 나는 고개를 들어 몇 그루의 나무들을 올려다보았다. 역시, 아무것도 보이지 않았다. 풋! 당연한 일 아닌가. 기대한 내가 바보 멍청이지……!

얼마 만에 돌아온 내 방인가. 방문 앞에 도착하여 열쇠를 꽂았고, 문이 열렸다. 방 안으로 들어서 불을 켜는 순간, 나는 우뚝 멈춰 서고 말았다.

"?……!"

방안이 온통 노란색이었다. 벽이 노란색으로 칠해져 있었고, 방안 이곳저곳에는 온통 노란색 팬티가 걸려 있었다.

그때 소파에 앉아 있던 누군가가 천천히 일어섰다.

짧은 커트가 의외로 잘 어울리는 그녀, 노란색 원피스 차림의 그녀는 정말 숙녀 티가 완연했다. 하지만 사악함과 장난기 가득한 그 동그란 눈동자는 내가 사랑했던 2년 전의 은아 그대로였다.

은아가 약간 떨리는 목소리로 말했다.

"진표야…… 나, 노란색 페인트랑 노란색 팬티 사느라고 거지 됐어."

"너, 와하하하! 사랑해, 은아야……!"

그로부터 2년 후 우리 둘은 결혼에 골인했다.

결혼 후에도 나는 집 안 청소와 설거지 등 온갖 잔심부름을 도맡아야 했다.

은아는 이따금씩 앞치마를 두르고 설거지하는 나를 뒤에서
살짝 안아 주며, 레모나를 하나 내밀면서 이렇게 속삭인다.
　"힘내라, 노란색!"

　　　　　서로 사랑하라. 허나 사랑에 속박되지는 말라. 비록 하나의 음악을 울릴
지라도 외로운 기타줄처럼. 함께 서 있으라, 허나 너무 가까이 서 있지는 말라. 참나
무, 사이프러스나무는 서로의 그늘 속에선 자랄 수 없다.
•• 칼릴 지브란

고백

"내가 이야기 하나 해줄까?"

"응, 뭔데?"

"옛날이야기인데, 아니 이야기라기보단 그냥 어떤 상황에 관한 거야. 만약 너라면 어떻게 할까 하는 거지."

"그래, 해봐."

남자가 이야기를 들려주었다.

"옛날 평범하게 잘살고 있는 어떤 소년에게 어느 날 이상한 일이 생겼어. 요술쟁이가 나타나서 소원을 들어주겠다고 한 거야."

"요술쟁이가?"

"응, 부모님께 어떤 효도를 했다든지 동생을 잘 돌봐서라든지 뭐 그런 사소한 선행에 대한 보답으로 나타난 요술쟁이인데, 꼭 한 가지 소원을 들어준다고.”

“아하! 그럴 때 난 요술쟁이한테 어떤 소원을 빌겠느냐 이거야?”

“아니, 끝까지 들어봐. 어쨌든 그 소년은 별 생각 없이 한 가지 소원을 말했지.”

“어떤 걸?”

“자기가 평생 사랑하게 될 그 운명의 인연이 누구인지를 알려 달라고 한 거야.”

여자가 혀를 찼다.

“바보, 차라리 다른 걸 말하지. 돈을 달라든지 뭐 그런 거 있잖아!”

“그 말에 요술쟁이도 좀 난처했지. 정말 돈이나 달라고 했으면 간단했을 텐데. 그런 인연에 관한 건 신만이 알고 있는 것이기에 들어주기 어려운 소원이었지. 하지만 약속은 약속이니까 요술쟁이는 몰래 신의 방에 들어가 그 소년과 인연의 끈이 엮어진 소녀를 알아냈어.”

“그럼 잘된 거 아냐?”

“문제는 신이 그 사실을 알게 되어 크게 화를 내고는, 그 소년과 소녀의 인연의 끈을 끊어 버린 거지.”

“저런…… 안타깝다.”

“이에 착한 요술쟁이는 신께 간곡히 부탁하지. 자기 때문에 벌어진 일이므로 제발 소년의 인연을 끊지 말아 달라고……. 신

이 소년한테 말했어. 인연을 알아보긴 하겠지만 끊어진 인연은
아무리 노력해도 다시 이을 수 없노라고.”

여자가 안타까워하며 말했다.

“정말 너무하다. 인연이 누구인지 알면 얼마나 좋아? 다른 사
람에게 눈 돌릴 일도 없이 그 사람을 더 빨리 만나 더 오래 사랑
할 수 있을 텐데……. 근데 그 소년 너무 불쌍하다. 뻔히 자기 인
연이 누구인지를 알면서도 평생 가슴앓이만 해야 하는 거잖아?”

“그래서 신이 한 가지 조건을 달았지.”

“뭔데, 뭔데?”

“평생 딱 한 번 단 5분 동안만 그 소녀에게 그 사실을 말할 수
있는데, 그렇게 해서 소녀가 스스로 인연임을 깨닫게 되면 인연
의 끈이 다시 이어질 수 있을 거라고……. 이럴 때 너라면 어떻
게 말하겠니?”

“음, 좀 심했다. 단 5분, 그것도 딱 한 번 자기 인연이라는 사
실을 말할 수 있다니, 자칫하다간 미친 사람처럼 보일 텐
데…….”

“그래, 너라면……?”

“잘 모르겠어. 둘 다 너무 불쌍하다……. 난 뭐라고 말하지?”

남자가 정색을 하며 물었다.

“근데 너, 지금 어떤 입장에서 생각하고 있는 거지?”

“응? 그야 5분 동안만 말할 수 있다면서?”

남자가 말했다.

"아니, 넌 그 소년이 아니고 소녀야."

"응?"

남자가 여자의 두 눈을 빤히 들여다보며 말했다.

"내·가·바·로·너·의·그·인·연·이·야."

서로에게 이끌리는 자연스러운 감정에서 비롯된 사랑은 더욱 고귀하고 더욱 진실하다.

•• 발타자르 그라시안

늑대와의 동행

결혼한 지 5년이 넘었지만, 미란은 낙엽 지는 가을만 되면 유난히 마음이 설레었다. 게다가 오늘처럼 스산한 비까지 내리고 따뜻한 커피와 귓가에 흐르는 음악이 감미로운 날에는 더욱 마음이 아련하게 젖어들었다. 낙엽, 가을, 청평사, 비…….

미란이 남편을 처음 만난 것은 직장에서였다. 외모가 빼어난 미란은 입사 초기부터 남자 직원들, 특히 총각들의 시선을 한 몸에 받았다. 다들 어떻게든 한번 엮어 보려고 접근하려는 것을 미란은 너무나 재미있어 했다. 그녀는 돌아가며 그들과 만나서 저녁 먹고 극장 가고 호프집 가고…… 하지만 누구에게도 싫다 좋다 딱 부러지게 말하지 않고 똑같이 대했다.

"오늘 즐거웠어요. 안녕히 들어가세요. 안녕!"

이러면 끝이었다. 다음날 출근해서는 시치미 뚝 떼고 언제 그랬냐는 듯이 모두에게 "안녕하세요? 여러분 커피 한 잔 하시겠어요?"라고 말하곤 전날 만났던 직원에게는 눈웃음만 살짝 짓곤 했다. 그러니 그녀에게 접근했던 남자들은 애가 탈 수 밖에! 그런데……!

미란보다 세 살 더 먹은 김 아무개 선배는 정말 예외였다. 그는 정말 미란에게 무뚝뚝하게 대했고, 심하게 말해서 아예 무시하곤 했다. 키도 작고 얼굴도 새까맣고, 도대체 매력이라곤 눈곱만큼도 없는 그 선배는 퇴근 후에 누구와도 어울리지 않았다. 대체 이 남자는 무슨 재미로 살까……? 미란은 그에게 묘한 호기심이 생겨 접근해 보기로 했다.

"김 선배님, 오늘 저녁 시간 있으세요? 저 저녁 사 주실래요?"

그가 밝게 웃으며 말을 건네는 미란을 무덤덤하게 쳐다보다 인상을 팍 쓰는 것이었다.

"왜요? 오늘은 저녁 사 줄 사람 없어요? 나 오늘 시간 없어요……."

딱 부러진 거절!

'이건 완전히 날 모욕하는 거다……!'

그러던 어느 가을날, 회사에서 춘천으로 직원 연수를 가게 되었는데 미란의 부서에서 공교롭게도 그 선배와 그녀 둘만이 참석하게 되었다.

'어휴! 따분해…… 허구 많은 남자들 중에 왜 하필이면…….'

버스 안에서 멍하니 창 밖만 바라보고 있는데, 옆의 선배가 조심스레 말을 걸어 왔다. 그런데 묵묵히 듣고 있던 미란은 깜짝 놀랐다. 우리나라의 역사와 서양의 역사에서부터 천문, 지리, 상식…… 언뜻 풍기는 외모와는 달리 그는 모르는 것이 없었다. 여자인 미란도 모르고 있던 꽃말에 관한 이야기까지 들려주었다. 그래서 두 시간 반 동안의 버스 여행이 전혀 지루하지가 않았다. 2박 3일의 연수 기간 동안 그는 미란을 꼼꼼히 잘 챙겨 주었다. 둘은 저녁 시간 후에도 연수원 벤치에서 많은 대화를 나누었다.

돌아오는 길에 버스에서 그 선배가 말했다.

"춘천 쪽의 청평사는 당일치기 코스로 아주 좋은 곳인데. 어때, 토요일 일찍 한번 가 볼까?"

당일치기라는 말에 미란도 쉽게 동의하고 말았다.

미란의 회사는 당시만 해도 드물게 토요 휴무제를 하고 있었다. 새벽에 만나 청량리에서 기차를 탔다. 춘천에 내려 막국수를 먹고는 내처 소양강을 거슬러 오르는 배를 탔다. 그의 새로운 이야기는 끝이 없었고 미란은 그 이야기 속에 빠져 들어 시간 가는 줄 몰랐다.

청평사에 도착하자 가는 빗방울이 흩뿌리고 있었다. 이곳저곳 돌아보고 나서 산에 오르자 빗줄기가 더욱 굵어졌다. 어디선가 비를 피해야 되는데 보이는 건 절터뿐이었다. 우산도 없이 쫄딱 비를 맞은 두 사람은 영락없는 생쥐 꼴이었다. 그가 말했다. 돌아가는 배편은 밤에도 있으니 어디 가서 젖은 옷이나 말리자고. 시월 말의 비 맞은 오후 날씨는 너무 추웠다. 이빨이 딱딱 부딪히고, 뼛속까지 어는 것 같았다.

둘이서 한참 찾다 보니 멀리 허름한 민박집이 보였다. 그가 먼저 뛰어가더니 잠시 후에 낭패한 표정을 지으며 돌아왔다.

"손님들이 많아 방 예약이 끝났고, 집 뒤에 있는 주인 아들 공부방이라도 쓸 테면 쓰라는 거야. 아직 시간도 많이 남아 있는데……."

"좋아요. 뭐 어때요? 방만 따뜻하면 됐지. 옷만 좀 말리면 되는데……."

주인 아들의 공부방은 집 뒤 산자락에 새로 지었는데 옆으로 장작이 잔뜩 쌓여 있었다. 주인아저씨가 아궁이 앞에서 불을 때 주며 한마디했다.

"신혼부부인가 본데, 얼른 들어가서 옷부터 말리슈."

"……!"

두 사람은 겉옷만 벗어 말리면서 그냥 아랫목에 앉아 있었다. 학생이 쓰던 이불로 발치께를 덮고 그냥 쑥스럽게 앉아 있는데 주인아저씨가 다시 한마디했다.

"젊은이들, 오늘밤 자고 가려면 저녁을 먹어야 할 텐데. 그래, 어디서 드실 거요?"

자고 간다는 말에 미란이 깜짝 놀랐다.

"아저씨, 오늘 춘천 가는 마지막 배는 몇 시에 떠나요?"

주인아저씨가 이상한 눈빛으로 미란을 쳐다보며 대꾸했다.

"막배야 조금 전에 떠났지."

미란이 울며불며 돌아가겠다고 하자 그가 빙그레 웃으며 한 마디했다.

"밤중에 한 50리 헤엄치려면 무척 힘들걸…… 비도 오고……"

미란이 차갑게 그를 노려보다가 이불을 푹 뒤집어쓰고 누웠다. 그리고 눈을 조금 내밀고는 경고하듯 말했다.

"이따 잘 때라도 이 이불 속에 손가락 하나라도 넣지 말아요!"

"알았어. 난 이렇게 그냥 윗목에 앉아 있을 게. 걱정하지 마……"

너무도 피곤했던 미란은 따뜻한 아랫목에서 곧 잠이 들었다.

얼마나 잤을까? 방바닥이 조금 싸늘하다 싶어 눈을 떠 보니 그가 벽에 기댄 채 쪼그리고 자고 있었다.

'옷도 젖었는데, 불쌍해……'

미란이 일어나서 그를 흔들어 깨웠다. 그래서 아직 온기가 남아 있는 아랫목에 자게 해주고, 대신 자기가 윗목으로 가서 앉아 있는데 한 10분을 견디기가 힘들었다.

'으, 추워……. 그래도 한 시간은 버텨야지. 이건 악몽이야. 옷도 다 마르지 않고…….'

잠시 곤하게 눈을 붙이던 그가 잠에서 깨 미란에게 자리를 바꾸자고 했다. 여자는 추우면 병이 난다면서.

그런 식으로 새벽까지 들락날락 자리바꿈을 하다 보니 남자에 대한 경계심은 거의 허물어졌다.

'만약 이 남자가 나한테 딴 생각이 있었으면 벌써…….'

그래서 윗목에서 떨고 있는 그에게 말했다.

"그러지 말고, 그냥 이쪽으로 와요……."

못 이기는 척 이불 속으로 들어온 그가 조금 있다가 미란을 꼬옥 안는데, 그녀는 마취라도 당한 사람처럼 가만히 있었다. 그의 품이 너무도 따뜻했다.

그 날 이후 두 사람은 더욱 친밀해졌고, 몇 달 후 서둘러 결혼식을 올렸다.

가을 어느 날, 그 청평사의 가을이 너무나도 인상적이었던 미란이 그곳에 다시 한 번 가보자고 남편을 졸랐다.

"또 갈 필요가 있을까?"

그가 웃으면서 그럼 주말에 가 보자고 했다.

주말의 가을 하늘은 파랗고, 산들은 온통 울긋불긋한 단풍으로 뒤덮여 있었다.

청평사를 둘러보고 나서 그 추억의 민박집도 둘러보는데, 주인아주머니가 미란을 알아보고 반갑게 인사한 후 남편에게 한마디했다.

"오늘도 그때처럼 빈 방을 싹쓸이해서 예약하실라우? 오늘은 싸게 해줄게……."

만일 당신이 젊었을 때 사랑을 느끼지 못한다면, 사랑하는 마음으로 사람과 동물과 꽃을 보지 않는다면, 어른이 된 다음에 삶의 공허를 느끼게 될 것이고, 매우 고독해질 것이다. 또한 두려움의 어두운 그림자가 언제나 뒤를 따라다닐 것이다. 그러나 사랑이라고 부르는 이 놀라운 것을 마음속에 지니게 되고 그 사랑의 심오함과 환희를 느끼는 순간, 당신은 세상이 당신을 위해 달라졌다는 것을 깨달을 것이다.
•• 지두 크리슈나무르티

엘리제를 위하여

우리는 베토벤 하면 으레 〈영웅〉이나 〈운명〉처럼 엄숙한 비장미를 풍기는 음악을 떠올린다. 확실히 그의 음악은 대체로 엄격하고 장중하며 폭발적이다. 그런데 그런 그에게도 그의 작품임을 의심할 정도로 부드럽고 애잔한 곡이 있으니 바로 '엘리제를 위하여' 다.

누구나 한 번쯤은 들어 보았을 이 유명한 소품곡은 그의 나이 서른아홉 때 작곡된 것으로, 곡의 원제는 '바가텔' 이고, 그 표제 밑에 '4월 27일, 엘리제의 추억을 위하여, 베토벤 지음' 이라는 주가 붙어 있다.

그렇다면 엘리제는 대체 누구일까?

많은 사람들이 베토벤이 사랑했던 여인 테레제라고 말한다. 그녀는 베토벤에게 성악을 배우던 브룬스비크 백작의 딸이었다.

당시 그는 소리가 점점 희미해지는 귓병을 감추기 위해 가까운 친지들과도 왕래를 끊은 채 두문불출하고 있었다. 성격이 괴팍하고 폐쇄적이었던 서른여섯 살의 그와 열여덟 살의 젊은 테레제가 처음 만난 것이 바로 이때였다.

"누구지? 누군데 기척도 없이 이렇게 마음대로 들어오는 건가?"

"저, 테레제, 테레제 폰 브룬스비크예요. 노크를 여러 번 했는데 아무 기척이 없어서 돌아가려고 했어요."

노크 소리를 듣지 못했던 베토벤은 속삭이는 듯한 테레제의 가냘픈 목소리에 그만 넋을 잃고 말았다. 운명적인 만남은 그렇게 시작된 것이다.

베토벤의 냉대에도 불구하고 매번 찾아오는 그녀에게 베토벤은 서서히 마음을 빼앗겼다. 테레제는 잘 듣지 못하는 베토벤을 위해 무엇이든지 큰 소리로 차근차근 말해 주었다. 그리고 그를 방문하는 사람들 앞에서는 훌륭한 비서 역할까지 해냈다. 그녀는 음울한 외톨박이였던 베토벤의 소중한 친구이자 연인이었다.

그러나 그들의 사랑은 오래가지 못했다. 백작의 딸이었던 테레제에게 평민이었던 베토벤은 너무나 초라한 존재였던 것이다.

베토벤을 찾아온 브룬스비크 백작이 말했다.

"자네와 내 딸의 소문으로 도시 전체가 시끄러울 지경이야. 그러니 오늘부터 더 이상 내 딸을 만나지 말아 주게."

베토벤이 대답했다.

“소문이 어떻든 댁의 따님과 전 단순한 스승과 제자 사이에 불과합니다. 그러나 백작께서 원하신다면, 그것이 그녀를 위한 것이라면 제가 떠나 드리지요.”

베토벤은 그렇게 사랑하는 연인 테레제의 곁을 떠났다.

평생 그녀를 잊지 못해 독신으로 살았던 베토벤, 그의 애절한 소곡 ‘엘리제를 위하여’에는 그의 이룰 수 없는 사랑에 대한 슬픔이 가득하다.

헛된 사랑이었다고 말하지 마라. 사랑은 결코 낭비되지 않았다. 비록 그것이 상대방의 마음을 윤택하게 하지 못했다고 하더라도 빗물과 같이 다시 그들의 생으로 돌아와 새로움으로 가득 채워진다.

•• 헨리 워즈워스 롱펠로

아픈 동행

그 해 겨울, 스물여섯 번째 생일을 맞은 미혜는 잔뜩 기대에 부풀어 있었다. 그녀는 방금 전 집 안을 말끔히 청소하고 남편이 좋아하는 된장찌개와 고등어 조림도 해 놓았다. 이제 조금만 기다리면 그녀의 사랑스런 남편 창수가 생일 선물을 사들고 귀가할 터였다.

'남편이 뭘 사 올까? 정말 내가 좋아하는 걸 사 올까?'

행복에 겨워 이런저런 상상의 나래를 펼치는 그녀는 정말 어린애 같았다.

문득 남편이 출근을 서두르던 아침이 떠올랐다. 오늘도 무사히 잘 다녀오라는 행운의 키스와 함께 건넨 주먹밥…… 맛있게 먹었을까? 혹시 양이 부족하진 않았을까……?

해마다 돌아오는 생일이지만 그녀가 오늘따라 유난히 설레는

까닭은, 태어나서 처음으로 찾아먹는 생일이었기 때문이다.

올해 새내기 신혼부부가 된 미혜와 창수는 여느 부부와는 조금 달랐다. 그들은 같은 고아원 출신이었다. 어려서 오빠 동생으로 서로 의지하며 자랐고, 현재는 누구보다도 서로를 절실히 아끼고 사랑하는 부부였다.

그들은 서로의 외로움과 부족함을 잘 알고 있었다. 미혜의 남편 창수는 선천적으로 농아장애를 지닌 벙어리였다. 그런 장애 때문에 사회적 편견이 심했지만, 그녀에게는 누구와도 바꿀 수 없는 소중한 사람이었다. 그런 창수가 얼마 전부터 퀵 서비스 일을 시작했다. 남편은 그 일을 정말 좋아했고 열심히 했다. 옛날부터 자전거 타기를 좋아하던 오빠가 지금은 자전거 대신 오토바이를 타게 되었던 것이다. 그리고 미혜는 오빠의 아내가 되어 날마다 그를 위해 맛있는 주먹밥을 만들고 있다…….

남편은 주먹밥이 아니면 도시락을 가져가지 않았다.

"정말 주먹밥을 좋아하나 보네? 물리지도 않아?"

아침에 주먹밥을 건네며 그녀가 한 말이다.

'오빠, 힘들어도 조금만 참자. 지금은 비록 가진 것 없고 힘들지만 함께 있어 행복하잖아? 우리도 언젠가는 부자가 되어 더 큰 행복을 누리는 거야. 알았지……?'

마음속으로 기원하는 미혜의 눈가에 소리 없이 눈물이 고였고, 문득 가슴 아픈 어린 시절의 삽화들이 눈앞을 스쳐갔다.

아이들에게 벙어리라고 놀림을 당하던 창수, 손가락질 당하고 돌팔매를 맞아도 눈 하나 깜박하지 않고 참아내던 오빠였지만 행여 누가 미혜를 괴롭히려 들면 미친 사람처럼 대들었다.

아이들에게 둘러싸여 실컷 두들겨 맞고 나서도 미혜를 향해 활짝 웃음 짓던 오빠……. 그런 창수는 미혜가 기댈 수 있는 유일한 언덕이었다.

문득 시계를 보니 저녁 아홉 시가 넘어 있었다. 이상했다. 일곱 시면 들어오는 사람이 이홉 시가 넘도록 오지 않다니……. 미혜는 걱정이 되었지만, 창수가 자기를 놀라게 하려고 그러려니 했다. 정적을 깨뜨리는 전화벨이 울린 것은 바로 그때였다.

"여보세요?"

"거기 김창수 씨 댁이죠?"

"네, 그런데요?"

"놀라지 마십시오……. 김창수 씨가 사고를 당해 사망하셨습니다……."

허리를 굽히고 전화를 받던 미혜가 철썩 방바닥에 주저앉았다. 꿈인지 생시인지 도무지 분간이 되지 않았다.

"여보세요…… 여보세요……?"

"네…… 방금 뭐라고 했죠? 우리 남편이 죽었다고요? 하하,

농담하지 마세요. 오빠가 왜 죽어요? 지금 선물 사 오는 중인데……."

"……아무튼 지금 빨리 동산 사거리로 나오셔야겠어요……."

동산 사거리는 바로 집 앞에 있는 교차로였다. 밖은 고드름이 어는 영하의 날씨였지만 미혜는 실내복 차림으로 뛰기 시작했다. 한달음에 도착한 집 앞 사거리에는 사람들이 모여 웅성거리고 있었고, 그 가운데에 누군가 쓰러져 있었다. 그리고 그 옆으로 완전히 찌그러진 낯익은 오토바이가 보였다. 핏기 하나 없는 그녀는 힘없는 발걸음으로 터벅터벅 걸어갔다.

"오빠…… 아니지? 오빠 아니지?"

그러나 절망스럽게도 그 쓰러진 남자는 정말로 그녀의 남편 창수였다. 가엾은 창수의 한 손에는 먹다 남은 주먹밥이 반쯤 얼어 있었고, 공포에 질린 듯 둥그렇게 부릅뜬 그의 얼굴에는 밥풀이 잔뜩 묻어 있었다. 또 아스팔트 위에는 짓이겨진 생크림 케이크가 처참하게 널려 있었다. 미혜가 그토록 갖고 싶어하던 머리핀과 함께…….

그의 눈가엔 두 줄기의 눈물자국이 선명하게 나 있었다. 아마도 숨이 끊어지기 직전에 흘린 눈물인 듯했다. 오늘이 아내의 생일인데…… 빨리 가야 하는데…… 하며 고통스레 흘린 눈물…….

옆에서 누군가가 혀를 찼다.

"쯧쯧! 밥 먹을 시간도 없어서 오토바이를 몰며 주먹밥을 먹다가 사고가 난 모양이네……. 불쌍해 죽겠네…… 얼마나 배가 고팠으면……!"

"아……!"

그녀는 창자가 녹아내릴 것만 같았다. 싸늘하게 식어 버린 남편이 얼굴이 너무도 가엾고 불쌍했다.

무심코 남편의 오른손을 본 미혜의 가슴이 또 한번 무너져 내렸다. 남편의 오른손에는 '사랑해' 라는 뜻의 수화가 그려져 있었던 것이다. 벙어리였던 남편이 죽기 직전 아내를 위해 남긴 말이었다.

미혜는 울고 또 울었다. 아스팔트 바닥에 찢긴 남편의 시신을 붙들고 넋이 나간 사람처럼 오열을 퍼부었다.

얼마나 울었을까. 누군가가 그녀를 위로하며 말을 건네 왔다. 창수의 회사 동료였다. 남편은 회사에서도 알게 모르게 따돌림을 당했다고 했다. 직원끼리 옹기종기 모여 맛있게 먹어야 할 도시락 대신에 혼자 우두커니 떨어져서 몰래 주먹밥을 먹었다던 그이. 오늘처럼 도로가 빙판 져 미끄러운 날에는 제일 먼 배송지만 골라 창수에게 시켰다며 괴로워했다. 세상 사람들로부터 늘 따돌림을 받으며 외롭게 산 남편은 죽을 때도 그토록 외롭게 간 것이다. 미혜가 남편의 시신을 끌어안고 말했다.

"오빠, 우린 아마도 이 세상에 어울리지 않는 부부인가

봐⋯⋯. 이제, 우리 같이 잘 살 수 있는 곳으로 가자. 거기서 우리 행복하게 웃자, 응⋯⋯?"

그녀가 남편의 손에 쥐어진 주먹밥을 떼어 내며 목멘 말을 이었다.

"오빠, 그렇게 사람들과 어울리기 힘들었어? 이렇게 날마다 주먹밥을 먹어야 할 만큼 힘들었어? 혼자 죄진 사람처럼 숨어서 먹을 만큼 힘들었던 거야? 오빠를 이렇게 만들 정도로 힘들었던 거야⋯⋯?"

그리고는 남편을 꼭 끌어안은 채, 소리 없이 아픈 눈물만 흘리며 그렇게 머물러 있었다.

앰뷸런스가 왔고, 사람들이 남편을 영안실로 후송하기 위해 그녀를 부축했다. 그러나 그녀의 몸은 이미 싸늘하게 식어 얼어붙어 있었다.

"⋯⋯!"

그녀의 한쪽 손은 사랑한다는 수화를 그린 남편의 손과 곱게 포개져 있었다. 똑같이 '사랑해' 라는 수화를 그린 채⋯⋯.

우리는 어디서 태어났는가. 사랑에서. 우리는 어떻게 멸망하는가. 사랑이 없으면. 우리는 무엇으로 자기를 극복하는가. 사랑으로. 우리를 울리는 것은 무엇인가. 사랑. 우리를 항상 결합시키는 것은 무엇인가. 사랑.

•• 요한 볼프강 폰 괴테

보이지 않는 사랑

시월이 거의 끝나갈 무렵, 인수는 부산에 살고 있는 친구 집에서 하룻밤 묵게 되었다. 오랜만에 만난 친구라 이런저런 이야기들을 나누다 보니 자연스레 늦게 잠이 들었다. 헤어지기가 아쉬웠지만, 이튿날은 일정 때문에 오전에 기차를 타야만 했다.

인수는 피곤한 몸으로 자리에 앉자마자 잠을 청해 보았지만, 승객들이 많아서인지 쉽게 잠들지 못했다. 하릴없이 창 밖을 보고 있는데, 비슷비슷하게 스쳐 지나가는 풍경이 지겹기도 하고 따분했다.

얼마나 흘렀을까? 기차가 잠시 정차했던 청도역을 벗어나면서부터 뒷자리에서 말소리가 들렸다. 누가 탔겠거니 하고 다시 잠을 청해 보려는데 말소리가 끊이지 않고 이어졌다.

“와! 벌써 겨울인가? 낙엽이 다 떨어졌네. 근데 낙엽 덮인 길이 너무 예쁘다. 알록달록한 게 꼭 비단을 깔아 놓은 것 같아. 한 번 밟아 봤으면 좋겠다. 무척 푹신할 것 같아…….”

“저 은행나무 정말 크다. 몇십 년은 족히 돼 보인다. 은행잎 떨어지는 게 꼭 노란 비 같아…….”

“포도나무가 참 많네. 저 포도밭 좀 봐. 엄청나다. 저 포도들 다 따려면 고생이 심하겠는걸……?”

“저기 저 강물은 정말 파랗군. 꼭 물감을 풀어놓은 것 같아. 저 낚시하는 사람 빨간 모자가 참 예쁘네…….”

“저기 흰 자동차가 가네. 외제 차 같은데 엄청 작다. 내 힘으로도 밀겠어. 운전하는 사람은 20대 초반 같은데, 선글라스를 쓴 아가씨야. 어, 근데 엄청 빠르네……!”

벌건 눈으로 한참을 낑낑대다가 겨우 잠을 청하고 있던 인수는 짜증이 났다.

‘무슨 사람이 저렇게 말이 많아? 자기 혼자 다 떠들고 있네. 다른 사람들은 눈 없나?’

잠자기는 다 틀렸다고 생각한 인수는 화장실에 갔다가, 얼굴이나 보자며 힐끗 그 사람들을 쳐다보았다.

순간 인수는 자신도 모르게 흠칫했다. 그 자리엔 앞을 못 보는 40대 중반 아주머니와 남편으로 보이는 아저씨 한 분이 서로 손을 꼭 잡고 있었다. 그 아주머니는 아저씨가 이런저런 말을 해

줄 때마다 살짝살짝 고개를 끄덕이고 있었다. 마치 실제로 보기
라도 하는 것처럼 입가엔 엷은 미소까지 띤 채…….

모든 위대한 사람들의 발자취를 보라. 그들이 걸어 온 길은 고난의 길이
며 자기 희생의 길이었다. 자기를 희생할 줄 아는 사람만이 위대해질 수 있다.
•• 고트홀트 에프라임 레싱

내겐 가장 귀한 보석

로마의 정치가 티베리우스 그라쿠스의 아내 코르넬리아는 훌륭한 교양을 갖춘 현모양처로 명성이 자자했다. 그녀는 남편과 사별한 뒤에도 주위에서 권하는 좋은 조건의 청혼도 뿌리친 채 혼자 살면서 자녀 교육에 헌신했다.

그녀의 아이들이 아직 어릴 때의 일이었다. 어느 날 그녀의 집에서 고위관리 부인들의 정기 모임이 있었다. 부인들은 코르넬리아가 애써 준비한 맛있는 음식을 먹으며 도란도란 이야기꽃을 피웠다.

그런 와중에 한 부인이 자신의 한쪽 손을 일행에게 내보이며 끼고 있던 반지를 자랑하기 시작했다. 커다란 보석이 박힌 그 반지는 언뜻 보기에도 매우 값비싸 보였다. 다른 부인들 모두 그 반지에 관심을 보이며 아름답다고 칭찬하더니, 이윽고 제각기 자신들의 몸에 지니고 있던 반지, 목걸이, 귀고리, 팔지 등을 내보이기 시작했다. 명사들의 부인들답게 그녀들이 자랑하는 보석들은 하나같이 번쩍거리는 고급 물건이었다.

그런데 유독 집주인 코르넬리아만은 다른 부인들의 보석들을 구경할 뿐 자신의 보석을 자랑하지 않았다. 그러자 다른 부인들이 은근히 코르넬리아를 부추겼다.

"부인도 보석 좀 보여 주세요. 구경이나 좀 합시다."

코르넬리아가 약간 거북스런 표정을 지었지만, 부인들은 자꾸만 그녀를 재촉했다. 그래서 처음에는 사양하던 부인도 결국 성화에 못 이겨 자리에서 일어나 조용히 방 안으로 들어갔다. 다른 부인들은 코르넬리아가 가지고 나올 멋진 보석에 대해 잔뜩 기대하고 있었다.

그런데 방 안으로 들어간 코르넬리아는 잠시 후 양손에 두 아들의 손목을 꼭 잡고 밖으로 나왔다. 그녀가 부인들을 둘러보며 말했다.

"여러분, 이 아이들이 나의 가장 귀한 보석입니다."

가장 귀중한 사랑의 가치는 희생과 헌신이다.

•• 발타자르 그라시안

아버지와 아들

오랜 옛날 비엔나에서는 죄수를 일정 기간 동안 거리의 청소부로 일하게 했다.

어느 날 그 나라의 수상이 한가로이 창 밖을 내려다보다가 기이한 장면을 목격했다. 옷을 단정하게 차려입은 어떤 젊은 청년이 거리의 눈을 치우고 있는 한 죄수에게 다가가서 그의 새까맣게 부르튼 손에다 대고 정성껏 입맞춤을 하는 것이었다. 그런 다음 그 죄수와 함께 거리의 눈을 치우면서 이런저런 담소를 나누는 것이었다. 그 학생은 얼마 동안을 그렇게 죄수와 함께 하다가 곧 헤어져 돌아갔다.

그 광경을 처음부터 목격한 수상은 혼자 생각으로, 아마도 그 죄수가 위험한 정치 지도자며, 그 청년은 그의 추종자일 것이라고 판단했다. 그래서 부하들을 시켜 즉시 그 젊은 학생을 붙잡아 오라고 지시했다. 누구든 죄인에게 키스하는 일은 보통 일로 생각할 수 없으며, 그냥 묵과해 버릴 수 없는 일이라고 여겼기 때문이다.

잠시 후 그 젊은 학생이 끌려오자 수상은 조금 전에 만난 죄수와는 어떤 관계며, 무슨 말을 나누었는지 다그쳐 물었다.

그런데 그 청년의 대답은 단호하고 경쾌했다.

"각하, 그 분은 저의 아버지이십니다."

"……?"

학생의 태도로 보아 거짓말 같지가 않았다.

뜻밖의 사실에 할 말을 잃은 수상은 젊은 청년의 아버지에 대한 공경심에 감동하여 그 사실을 국왕께 보고했다. 그 일을 전해 들은 국왕은 자식을 그렇게 훌륭하게 교육시키고, 애정을 심어 준 사람이라면 그렇게 나쁜 사람일 리 없다고 판단하여 즉시 석방케 했다.

아버지를 사랑하는 자식의 마음이 그의 허물을 덮을 만큼 강했으며, 결국에는 그를 어려움으로부터 구하는 길이 되었던 것이다.

아버님 날 낳으시고 어머님 날 기르시니 두 분 곧 아니시면 이 몸이 살았을까. 하늘같은 은덕을 어떻게 갚으리까.

•• 정철

장미와 진달래

맑은 계곡 물을 따라 하류로 떠 내려온 진달래가 작은 냇가에 이르러 물 위에 떠 있는 장미 꽃을 만났다. 그러나 꽃잎이 매우 아름다웠던 그 장미는 매우 울상이었다.

진달래가 물었다.

"넌 왜 그러고 있니? 나처럼 물살에 몸을 내맡기고 맘 편하게 떠다니지 않고?"

그러자 그 자리에 머뭇거리고 있던 장미가 대꾸했다.

"어디로 가야 할지 알 수가 있어야지."

진달래가 말했다.

"우린 영원하지 않아. 물속이든 바람 속이든 결국 흙으로 가서 제 뿌리를 찾아가면 되는 거 아닐까?"

장미가 고개를 흔들었다.

"넌 몰라, 화병에 꽂혔다가 버려진 삶의 설움을."

"?"

"좋은 시절 마냥 피어났다가 져야 할 때 져서 산천을 타고 내려온 네가 어떻게 나 같은 꽃의 설움을 알 수 있겠니?"

"……."

근본적으로 행복과 불행은 그 크기가 정해져 있는 것이 아니다. 다만 그것을 받아들이는 사람의 마음에 따라서 작은 것도 커지고, 큰 것도 작아질 수 있다. 가장 현명한 사람은 큰 불행도 작게 처리해 버린다. 어리석은 사람은 조그마한 불행을 현미경 보듯 확대해서 스스로 큰 고민 속에 빠진다.

•• 라 로슈프코

종이학

한 남녀가 처음 만나 사귀기 시작했을 때였다. 남자는 여자에게 천 개의 종이학을 접어 선물하면서 고백했다.

"이 천 개의 종이학은 내 변하지 않는 마음이야."

당시만 해도 두 사람은 한시라도 떨어질세라 사랑의 달콤함과 행복감에 가득 차 있었다.

그러나 언제부턴가 여자가 차츰 남자한테 소원해지기 시작했고, 얼마 후에는 다른 남자를 만나 결혼하여 프랑스로 유학을 떠났다.

남자를 마지막으로 만나던 날 그녀는 꿈에 그리던 파리로 간다면서 이렇게 말했다.

"우린 현실을 똑바로 봐야 해요. 여자한테 혼인은 또 다른 인생의 출발이잖아요? 난 이 좋은 기회를 놓치지 않을 거예요. 당신은 너무 가난해요. 난 우리 두 사람이 결합한 후의 생활을 상상조차 하기 싫어……!"

남자는 무너지는 가슴으로 여자를 떠나보내야만 했다.

여자가 프랑스로 떠난 뒤 남자는 신문도 팔았고 임시 직원을 비롯해 작게나마 장사 같은 것도 해보았다. 그는 무슨 일이든 닥치는 대로, 이를 악물고 해냈다. 그 결과 몇 해가 지난 뒤에는 아는 지인들의 도움과 자신의 노력으로 버젓한 회사를 하나 갖게 되었고, 결국에는 남부러울 것 없는 부자가 되었다. 그러나 남자는 여전히 그 여자를 잊지 못했다.

어느 비 내리던 날, 남자는 자신의 승용차를 몰고 가다가 늙은 부부가 앞서 걸어가는 것을 발견했다. 어딘지 낯이 익어 보여서 눈여겨보았더니, 그녀의 부모님이었다.

남자는 어느덧 그들 부부를 뒤따르고 있었다. 할 수만 있다면 그들 앞에서 자신은 고급 승용차뿐만 아니라 회사와 개인 별장까지 가지고 있다는 것을 과시하고 싶었다.

남사는 천천히 차를 몰아 그들의 뒤를 따랐다. 비는 그치지 않고 퍼붓고 있었다. 비록 우산을 쓰긴 했지만 굵은 빗발은 늙은 노부부의 몸을 적셨다.

얼마 후 목적지에 도착한 남자는 멍해지고 말았다. 눈앞의 광경이 도무지 믿기지가 않았다.

그곳은 공동묘지였다. 비석 위의 사진 속에서 그녀가 달콤한 미소를 지은 채 자신을 바라보고 있었다. 그리고 비석 옆에는 가는 쇠줄에 꿰인 종이학들이 촘촘히 걸려 있었는데, 빗줄기 속에서 그렇게 생동감 있게 보일 수가 없었다.

그녀의 부모가 남자에게 진실을 말해 주었다. 여자는 파리로 간 것이 아니라 암에 걸려 천국으로 간 것이라고. 여자는 남자가 성공하여 행복한 새 삶을 이루기를 소망하며 그런 거짓 연극을 했던 것이다.

그녀는 남자의 성공을 믿어 의심치 않았다고 했다. 그리고 언젠가 진실을 알게 되어 자신을 찾아올지 모르니 묘소에 꼭 종이학을 걸어 두라고…….

남자가 그녀의 무덤 앞에 털썩 무릎을 꿇고 긴 오열을 토해 냈다. 펑펑 쏟아지는 눈물은 그칠 줄을 몰랐고, 늦봄에 내리는 빗줄기는 남자의 온몸을 흠뻑 적셔 놓았다. 수년 전 함께 사랑을 나누며 행복해하던 여자의 그 해맑은 얼굴이 남자의 마음을 아프게 헤집고 있었다.

얼마 후 세 사람은 나란히 묘소를 떠났고, 함께 남자의 차에 올랐다.

차 안 스피커에서는 마침 애잔한 노래가 흘러나왔다.

"내 마음, 후회하지 않으리, 천 번 만 번 모두 당신을 위함이네, 천 개의 종이학, 영원한 마음, 바람에 하늘거리네……."

지혜가 깊은 사람은 자기에게 무슨 이익이 있음으로 해서 사랑하는 것이
아니다. 사랑한다는 그 자체 속에서 행복을 느낄 수 있기 때문에 사랑하는 것이다.
•• 블레즈 파스칼

아가씨와 군인

미국 남북전쟁 시절이었다. 수많은 젊은이들과 함께 전쟁터에 나간 어떤 청년은 책읽기를 무척 좋아했다. 언제 죽을지도 모르는 전쟁터에서 하루하루를 힘들게 보내면서도 항상 독서를 멈추지 않았다. 비록 무기를 들고 전쟁을 벌이고 있었지만, 청년의 가슴속에는 언제나 순수한 열정이 가득 차 있었다.

하루는 그가 도서관에서 책을 한 권 빌려 왔는데, 그 책의 여백에는 깨알 같은 글씨로 책의 내용에 대한 주석이 씌어 있었다. 너무도 깨끗하고 완벽하게 붙여진 주석에 대해 청년은 큰 감동을 받았다. 그래서 주석을 붙인 사람이 누구인지를 백방으로 수소문해서 알아보았고, 마침내 그 사람에게 편지를 한 통 써 보냈다.

뜻밖에도 그 주석을 붙인 사람은 여자였다. 편지를 받은 그녀는 친절하고 예의 바른 청년의 문장에 감동하여 답장을 보내 왔다.

그렇게 편지가 여러 번 오갔고, 그러는 사이 군인인 청년과 여자는 서로의 공감대를 형성해 나갔다. 그러면서 시간이 흘러 어느덧 청년이 제대를 해야 할 때가 되었다. 청년은 제대를 하고 나면 편지 왕래가 어려워질 것으로 생각하고, 그녀를 한번 만나 보기로 마음먹었다. 청년의 만나자는 편지에 대해 그녀 역시 호감을 갖는 듯했다. 하지만 언제나 그랬듯이 자신에 대한 상세한 인상착의는 숨긴 채 그냥 나이도 많고 뚱뚱하다는 투로 말해 주었다.

두 사람이 만나기로 한 어느 기차역 광장, 청년은 약속대로 군복 정장을 하고 나갔다. 그녀는 가슴에 붉은 장미 한 송이를 달고 나오기로 약속했다. 청년은 30분쯤 일찍 도착하여 그녀를 기다리기 시작했다. 기다리는 동안 청년은 처음 만나게 되는 그녀에 대한 갖가지 상상으로 들떠 있었다. 광장 시계탑에서 정오를 알리는 종소리가 울려 퍼졌고, 마침내 그 청년 앞으로 한 아리따운 아가씨가 걸어왔다. 청년은 그녀를 본 순간 자신의 기대가 헛되지 않았음에 감사하며 애써 두근거리는 가슴을 진정시키고 있었다.

"드디어……!"

그러나, 그러나 그뿐이었다. 그녀의 가슴에는 장미꽃이 없었다. 그녀는 그를 스치듯 지나며 살짝 윙크를 던졌다. 마치 따라오라는 듯이. 하지만 그의 우뚝 선 발걸음은 왠지 떨어지지가 않았다.

바로 그때, 그녀 바로 뒤에서 40대 중반쯤 돼 보이는 뚱뚱한 부인이 걸어왔다. 언뜻 그녀의 외모를 곁눈질한 청년은 마음속으로 빌었다. 제발 가슴에 장미꽃이 없기를……. 그러나…… 거짓말처럼 그녀의 가슴에 붉은 장미가 달려 있었다. 어떻게 해야 하나? 그냥 모른 체하고 앞의 아가씨를 따라갈 것인가, 아니면 그렇게 많은 시간 함께 정신적 공감대를 형성해 온 40대 여인을 만날 것인가? 짧은 순간 망설였지만, 이윽고 그는 결심했다. 머리의 모자를 벗어 한 손에 쥐고는 40대 여인에게 다가갔다. 그리고 정중히 인사를 건넸다. 그러자 그 중년 여인이 이렇게 말했다.

"편지의 주인공은 내가 아닙니다."

"?"

"당신이 기다리고 있는 여인은 방금 전 당신 앞을 스쳐갔던 그 아가씨예요. 그 아가씨가 나에게 이 꽃을 달아 주면서, 당신이 내게 말을 건네 오면 이 꽃을 주면서 말해 달라고 부탁하더군요. 자기가 길 건너 찻집에서 기다리겠노라고."

부인은 그러면서 가슴에 달고 있던 장미꽃을 떼어 청년에게 주었다. 청년은 몇 번씩이나 감사의 말을 전하고 나서 그녀에게로 뛰어갔다.

 사랑은 형식이 아니다. 내용이다.

어떤 주례사

정석은 몇 주 전에 친구와 함께 한 선배의 결혼식장에 참석하게 되었다. 그런데 친구의 말에 의하면, 선배가 결혼에 이르기까지는 마치 한 편의 연애 드라마를 방불케 할 정도로 사연이 많았다는 것이다. 선배 집안에서 반대가 엄청났었다고.

드레스 차림의 신부는 마치 선녀처럼 아름다웠다. 반대할 이유가 전혀 없어 보였다.

주례 선생님은 정석의 대학 은사이자 선배의 은사이기도 했다. 머리카락이 몇 올 남지 않은 선생님의 머리가 불빛을 받아 잘 닦아 놓은 자개장처럼 번쩍이고 있었다.

신랑 신부의 입장에 이어 선생님의 주례사가 시작되었다.

"검은 머리가 파뿌리가 될 때까지 서로 사랑하는 것도 좋지만 검은 머리가 저처럼 대머리가 될 때까지 서로 변함없이 사랑하는 것도 좋습니다.”

그 순간, 식장 안 여기저기서 폭소가 터져 나왔다. 이어지는 주례사는 신랑 신부와 하객들에게 또 한 번 웃음을 던져 주었다.

“제 대머리를 한문 딱 한 자로 표현하자면 빛 광, 즉 광(光)이라고 할 수 있지요. 신랑 신부가 백년해로하려면 광나는 말을 아끼지 말고 해주어야 합니다. 세상에서 가장 무서운 것은 인간의 세 치 혀입니다.”

하객들 모두 진지한 눈빛으로 주례사를 듣고 있었다.

“가까운 사이일수록 예의를 지키라는 빛 광 같은 말이 있습니다. 아무리 부부라고 해도 말을 함부로 해서는 안 됩니다. 하지만 ‘여보, 사랑해. 당신이 최고야’ 라는 광나는 말은 검은 머리가 대머리가 될 때까지 계속해도 좋은 겁니다.”

그런데 그 순간, 하얀 장갑을 낀 선배의 손이 부지런히 움직이고 있는 것이 눈에 들어왔다. 선배는 자기 신부에게 수화로 선생님의 주례 내용을 알려 주고 있었던 것이다. 그 광경을 목격하고 눈물방울이 맺힌 건 정석뿐만이 아니었다.

이윽고 선생님은 다음과 같은 광나는 말씀으로 주례사를 마치셨다.

“여기, 이 세상에서 가장 훌륭한 신랑이 가장 아름다운 신부에게 이 세상에서 가장 아름다운 말을 해주고 있습니다. 군자는 행위로써 말하고 소인은 혀로써 말한다고 합니다. 오늘 저는 혀로써 말하고 있고 신랑은 행위로써 말하고 있습니다. 신랑 신부 모두 군자의 자격이 있는 것입니다. 두 군자님의 제2의 인생에 축복이 가득하길 빌면서 이만 소인의 주례를 마치겠습니다."

정석이 자리에서 일어나 훌륭한 주례사를 해주신 선생님과 신랑 신부를 보며 힘껏 박수를 쳤다. 다른 사람들도 마찬가지였다. 일제히 기립한 하객들의 박수 소리에 예식장이 떠나갈 듯했다.

가장 귀중한 사랑의 가치는 희생과 헌신이다.

•• 발타자르 그라시안

쫓기는 사슴

어느 백만장자의 집에서 파
티가 열렸다. 방문한 여러 손님들이 파티 장을 가득 메웠는데
잠시 작은 소란이 벌어졌다. 술을 나르던 하인이 실수로 포도주
잔을 깨뜨리는 바람에 말끔한 벽에 지저분한 얼룩이 생겼던 것
이다.

"아니, 이런 멍청이 같으니라고!"

사소한 일에 흥이 깨져 버린 집주인은 버럭 화를 내고는 손님
들을 데리고 사냥을 가 버렸다. 그때 손님 가운데 한 명이 스스
로 남겠다고 자청했다.

그 손님은 자신의 과오에 안절부절못하는 하인을 위로한 후,
갑자기 붓을 꺼내 들더니 얼룩진 곳을 중심으로 그림을 그리기
시작했다.

저녁이 되어 사냥을 마치고 돌아온 집주인은 깜짝 놀랐다. 얼룩진 벽은 오간 데 없고 그 자리에 너무나 아름다운 벽화가 완성되어 있는 게 아닌가.

그 그림은 '쫓기는 사슴'이라는 작품이었다.

인생은 누구나 얼룩진 모습을 가지고 살아간다. 허물없는 사람은 없다. 단지 감추고 살 뿐이다.

사랑의 비디오

민수의 아빠는 평소 할 일도 많고 친구도 많았던 만큼 늘 바빴다. 그래서 저녁 식사는 거의 엄마와 민수 둘만 하는 경우가 많았고, 이따금씩 하게 되는 나들이도 둘뿐이었다. 그래서 민수는 어쩌다 마주치게 되면 아빠가 낯선 아저씨처럼 어색하기만 했다. 그런데 이제는 180도 달라졌다. 하루 종일 아빠와 함께 있어야 하는 것이다. 아빠와 함께 시간을 보낸다는 것은 민수에게, 피하고 싶은 친구와 짝꿍이 되었을 때처럼 아주 거북하게 느껴졌다. 어쨌든 바쁘기만 하던 아빠를 집에서 자주 볼 수 있게 되면서 그렇게 여러 날이 흘렀다.

그런데 아빠 엄마의 말다툼이 잦아지더니, 급기야 간밤에는 엄마가 큰 결심을 한 듯했다.

"당신, 일도 없이 밖에 나가는 거 그만두세요. 괜히 돈이나 쓰고, 괴로운 일이잖아요? 마침 내가 할 만한 일이 있다니까 내일부터 내가 나가겠어요. 민수가 봄방학도 했으니까 그동안 부자지간에 서먹서먹했던 것도 풀고 잘 지내 봐요."

엄마가 나가고 아빠와 단 둘이 남게 되자 민수는 가슴이 꽉 막혔다. 커다란 벽이 눈앞을 가로막은 것처럼 답답했다.

아빠는 아까부터 신문만 보고 있었다. 민수도 책을 펴 들었지만 눈이 자꾸 문 쪽으로 향했다. 차라리 아빠가 밖에 나가기라도 했으면 싶었다.

'그 많던 아빠 친구들은 뭐 하는 거야? 이럴 땐 전화도 안 하고……'

괜히 아빠 친구에게까지 부아가 났다. 화장실 가는 척하고 슬쩍 나가 보니 구부려 앉아 신문만 들여다보는 아빠의 뒷모습이 왠지 무척 쓸쓸하고 안돼 보였다.

'잘못 걸린 전화라도 왔으면……'

민수의 마음을 알아차린 걸까? 때마침 요란하게 전화벨이 울렸고, 기다렸던 것처럼 벨이 두 번 울리기도 전에 아빠가 수화기를 늘었다.

"여보세요? 아…… 그래, 기다려라."

반가움에 찼던 아빠 목소리가 잦아들었다. 민수의 반 친구였다.

아빠 목소리에 놀란 친구가 물었다.

"너희 아빠 왜 회사 안 갔니? 회사에서 잘렸니?"

"임마, 잘리긴 뭐가 잘려? 우리 아빠가 무슨 도마뱀 꼬리인 줄 알아!"

화가 난 민수가 꽝 소리가 나도록 수화기를 내려놓는 데도 아빠는 여전히 신문만 들여다보고 있었다. 아빠의 모습이 점점 오그라드는 것 같아 마음이 쓰였다.

'신문을 다 외우시려나……. 근데, 아빠한테 뭐 재미있는 일 없을까?

머릿속으로 문득 괜찮은 생각이 떠올랐다. 민수는 두툼한 5백 원짜리 동전 한 개와 100원짜리 동전 다섯 개를 챙겨 들고 단숨에 동네 비디오 가게로 달려갔다.

비디오 가게 아저씨가 반갑게 민수를 맞아 주었다.

"숨이 턱에 찬 걸 보니 새로 나온 만화영화 소식 듣고 왔구나? 오늘 나왔다. 신나는 모험 이야기지."

"새로 나온 만화영화가 있어요?"

귀가 솔깃하고 마음이 흔들렸지만, 민수는 힘껏 고개를 저었다.

"저, 그게 아니고요. 어른들이 좋아하는 비디오 한 편 골라 주세요. 무지무지 재미있는 걸로요."

좋아할 아빠를 생각하니 민수는 저절로 웃음이 나왔다. 싱글벙글 웃음을 날리며 집에 돌아와 보니 아빠는 우두커니 베란다에 서 있었다.

서먹서먹했던 단짝한테 지우개 한 번 빌려 주고 다시 친해진 것처럼, 민수의 작은 정성 한번에 아빠와 민수는 많이 친해진 것 같았다. 점심으로 이마를 맞대고 라면을 먹기도 했으니까.

냄비에 라면 두 개를 끓여 한참 먹다가 서로 이마를 부딪쳐 고개를 들면 아빠 눈에도 민수의 눈에도 눈물이 고여 있었다. 민수는 라면이 너무 뜨겁고 매워서 그랬지만, 아빠는 왜 그랬을까……?

라면 그릇을 치우고 나서 민수와 아빠가 나란히 앉아 비디오를 보았다. 별로 우습지도 않은데 마구 웃어 대는 어른 비디오는 하나도 재미없었다. 그래도 아빠는 기분이 나아 보여 다행이었다. 주인공 남자와 여자가 뽀뽀하는 장면이 나오면 "어허, 이건 엄마랑 봐야 하는 건데" 하며 커다란 손으로 민수 눈을 가리고 농담도 했다.

아빠가 말했다.

"엄마 오늘 고생했을 텐데, 우리가 맛있는 저녁을 만들어 놓자. 엄마가 뭐 좋아하지?"

저녁 메뉴는 동네 매운탕으로 정했다. 아빠가 총각 때 낚시터에서 익힌 솜씨를 발휘한다고 했다. 맛은 몰라도 냄새는 정말 근사했다.

저녁 때 엄마가 들어왔고, 정말 오랜만에 세 식구가 함께 식사를 했다. 엄마는 피곤함도 잊은 듯 참 행복한 얼굴이었다. 무언

가 부드럽고 달콤한 기운이 집 안 가득히 차오르는 듯해서 민수
는 먹기도 전에 배가 부른 것 같았다.

엄마가 아빠에게 말했다.

"여보, 고마워요. 그런데 당신, 어떻게 이렇게 달라질 수가 있
는 거죠?"

"비디오 덕분이지. 세상에서 가장 감동적인 비디오였어."

"제목이 뭔데요? 내용은요?"

놀란 엄마가 거푸 물었고 아빠가 천천히 말해 주었다.

" '아빠와 아들', 아니 '아들과 아빠'. 절망한 어떤 아빠가 콱
떨어져 죽어 버리고 싶은 참담한 심정으로 베란다에 서 있는데,
그 아래로 아빠한테 보여 줄 비디오를 가슴에 안고 좋아 어쩔
줄 모르고 뛰어오는 아들의 모습은 평생 잊지 못할 거야. 맨 마
지막에 아빠는 그 아들이 있다는 사실만으로도 힘들어도 참고
견디어 내야겠다는 용기를 갖게 돼. 아들이 가져다준 건 비디오
가 아니라 가슴 가득한 봄볕이었을 거야. 아니면 희망이었는지
도, 사랑이었는지도……. 시리기만 했던 아빠 가슴이 따뜻해지
고 기운이 나게 만들었으니까……."

민수가 고개를 갸우뚱했다.

"어? 내가 빌려 온 건 그런 거 아니었는데……?"

그 날 밤 잠자리에 든 민수는 걷어찬 이불을 엄마가 아닌 아빠
가 덮어 주는 걸 잠결에도 느낄 수 있었다. 한참 동안 아들의 머

리를 쓸어 준 건 큼지막한 아빠의 손길이었으니까…….

　　　당신은 당신의 아이들이라는 화살을 쏘기 위해 있어야 할 활과 같은 존재다. 화살이 잘 날아갈 수 있도록 활이 잘 지탱해 주어야만 화살은 멀리, 정확히 날아갈 수 있는 법이다.

•• 칼릴 지브란

37달러

 물려받은 상점을 운영하고 있었다.

성탄을 앞둔 어느 날이었다. 작은 키의 한 소녀가 추위로 발을 동동 구르며 유리창 너머로 가게 안을 한참 동안 들여다보더니 마침내 결심한 듯 유리문을 밀고 들어섰다. 그리고 마음을 굳힌 듯 단번에 목걸이 하나를 지목하며 말했다.

"이것 포장해 주세요."

피트가 물었다.

"누구 주려고 그러니?"

"우리 언니요."

소녀가 당당하게 말했다.

"전 엄마가 없어서 언니가 저를 돌보거든요. 언니한테 줄 크리스마스 선물을 찾고 있었는데 맘에 꼭 들어요. 아마 언니도 좋아할 거예요.”

소녀가 고른 것은 값이 꽤 나가는 물건이었다. 피트가 조심스레 물어보았다.

“돈은 얼마나 있지?”

소녀가 호주머니에서 작은 꾸러미를 꺼내 놓았다. 그리고는 어렵게 손수건 매듭을 풀더니 와르르 동전을 쏟아 놓았다.

“제 저금통을 털었어요. 이게 전부예요.”

피트는 진열장에서 그 목걸이를 꺼낸 다음 슬그머니 가격표를 떼어 내고 예쁘게 포장해 주었다.

“네 이름이 뭐지?”

“바바라 메이.”

“돌아갈 때 잃어버리지 않도록 조심하거라.”

“걱정 마세요.”

그런 일이 있고 며칠 후, 크리스마스이브에 한 젊은 여인이 가게 안으로 들어와서 푸른빛이 감도는 목걸이를 내놓으며 말했다.

“이 목걸이, 여기서 판 물선 맞나요?”

“예, 저희 가게의 물건입니다만……”

“진짜 보석인가요?”

“그렇습니다. 아주 훌륭한 물건은 아니지만 진짜 보석입니다.”

보아하니 그 여자 손님은 며칠 전에 목걸이를 사 간 소녀와 매우 닮아 보였다.

그녀가 다시 물었다.

"누구에게 팔았는지 기억하시나요?"

"물론이지요. 바바라 메이에게 팔았습니다."

"가격이 얼마였죠?"

"37달러입니다."

"그 아이에게 그런 큰돈이 없었을 텐데요?"

피트가 조용히 미소 지으며 대답했다.

"아니, 그 소녀는 누구도 지불할 수 없는 아주 큰돈을 냈습니다. 자기가 가진 전부를 냈거든요."

순수하고 맑고 결백한 마음을 지녔다면 열 개의 진주 목걸이보다 더 행복한 빛을 간직하고 있는 것과 같다. 비록 지금 고통스럽고 불행한 환경에 처해 있더라도 마음이 진실하다면 큰 힘과 행복을 간직하고 있는 것이다. 왜냐하면 진실한 마음에서만 인생의 온갖 난관을 힘차게 헤쳐 나갈 지혜가 우러나오기 때문이다. 어떠한 지위나 지식이 있다 해도 진실을 잃어버린다면, 그 지위도 지식도 허위에 불과한 것이다.

•• 요한 하인리히 페스탈로치

분별없는 사랑

어느 마을에 한 아이가 태어났는데, 우연히 그 집을 방문하게 된 한 노인이 갓 태어난 아이를 축복하며 산모에게 말했다.

"아이를 위해 한 가지 소원을 말해 보시오. 들어주겠소."

아이의 어머니가 한동안 신중히 생각한 끝에 이렇게 말했다.

"모든 이들에게 사랑받는 아이가 되게 해주세요."

"알겠소이다……."

어머니의 소원대로 그 아이는 모든 사람에게 극진한 사랑을 받으며 무럭무럭 자라났다. 이따금씩 아이가 못된 장난을 쳐도 사람들은 그저 귀여워하기만 했다.

하지만 아이가 자라고 시간이 지날수록 그 아이는 자기가 최고인 줄 알고 점점 버릇이 나빠졌다. 어른이 다 돼서도 사랑을 받으려고만 할 뿐, 남을 배려하거나 베풀 줄은 전혀 몰랐다. 늙은 어머니까지 세상을 떠나자 그는 서서히 자신의 허황된 생활이 역겨워지기 시작했다.

그가 지난날을 후회하고 있을 무렵, 자기가 갓난아기일 때 어머니가 만났던 그 낯선 노인이 다시 나타나 소원을 물었다.

그러자 이제는 어른이 된 그가 이렇게 말했다.

"저는 더 이상 사람들의 분별없는 사랑을 원치 않습니다. 이제 사랑을 받기보다는 사랑을 줄 수 있는 사람이 되고 싶습니다."

사랑의 손길로 손질이 잘 된 정원에서는 풍성한 결실을 거두게 된다. 또한 가족과 친구들에게 사랑스런 마음으로 관심을 갖게 되면 그만큼의 보상을 받게 된다. 우리가 베푼 노력은 우리에게든 또는 우리의 사랑을 받은 사람에게든 쉽게 잊히지 않는 법이다. 우리가 보여 준 사랑의 행위는 우리들 자신의 가슴속에, 그리고 상대방의 가슴속에 하나하나 그 보금자리를 만들게 된다. 누구를 조건 없이 사랑하겠다는 작정을 하기는 쉽지만 그것은 끊임없는 노력이 있어야 한다. 우리는 남들에게 은혜를 베풀겠다는 맹세를 너무 빨리 잊어버린다. 때문에 매일 우리들을 친절하게 일깨워 주는 것이 있어야 한다.

•• 카렌 케이시

둘
감동으로 함께 걷는 길

기적은 없다

2003년 6월, 미국의 등산가 에릭 웨이언메이어가 상처투성이의 손마디를 힘차게 흔들며 세계 7대 최고봉 중 하나인 아콩카과 봉에 깃발을 꽂았다.

수많은 산악인이 꿈꾸는 정상 정복의 꿈을 이룬 그의 얼굴은 추위와 굶주림에 지쳐 탈진 직전이었다. 그런데 사람들을 더욱 놀랍게 한 것은 그가 앞을 전혀 볼 수 없는 맹인이라는 사실이었다.

한 달 넘게 삶과 죽음이 오가는 험난한 싸움 끝에 얻어 낸 값진 승리였다. 함께 고지를 정복한 다른 동료들은 서로 얼싸안고 감격의 눈물을 흘렸다. 하지만 그는 무덤덤한 표정으로 하늘을 올려다보며 소리 없이 웃을 뿐이었다.

그가 조용히 입을 열었다.

"기적은 결코 일어나지 않습니다. 단지 노력만이 존재할 뿐입
니다……."

그렇게 심경을 토로했지만 사실 그는 세상의 그 누구보다도
기적을 꿈꾸었었다. 아니, 그의 어린 시절은 온통 기적만을 갈
구했던 시간이었다.

열세 살 어린 나이에 시력을 잃으면서 그는 매일 밤 하루도 빠
짐없이 기도했다. 어머니의 자장가가 끝나고 어두운 방 안에 홀
로 남겨지면 조용히 무릎을 꿇고 앉아 간절히 두 손을 모았다. 내
일 아침이 밝아 오면 어머니의 얼굴을 볼 수 있게 해 달라고, 예
전처럼 친구들과 야구도 하고 농구도 할 수 있게 해 달라고, 제발
앞을 볼 수 있게 해 달라고……. 그렇게 매일 밤 기도는 계속되었
지만 이튿날 그를 맞이하는 세상은 늘 짙은 어둠뿐이었다.

아무런 희망도 없었기에, 오직 기적만을 바랐다. 그러나 기적
은 결코 일어나지 않았다. 그리고 언제부턴가 그는 더 이상 기
적이라는 말을 믿지 않게 되었다.

그는 스스로 아무것도 할 수 없는 장애인이었다. 야구를 하고
싶어도 공이 보이지 않아 손을 뻗칠 수 없었고, 농구를 하려 해
도 함께해 줄 친구가 없었다. 할 수 있는 것이라야 음악을 듣거
나 점자책을 읽는 정도가 고작이었다. 외로움과 고독에 지쳐 가
면서 그는 죽음이라는 단어를 떠올렸다. 하지만 자신을 위해 헌
신적으로 기도하는 어머니를 생각하면 차마 실행에 옮길 수 없

는 일이었다.

　그런 그가 조금씩 변하기 시작한 것은 그의 나이 스무 살 때였다. 기적 대신 자신과의 힘겨운 싸움을 선택한 것이다.

　그는 우선 집 밖으로 나와야 했다. 그러나 집 밖의 공간은 그에게 너무나 낯설었다. 눈앞에 펼쳐진 어둠 속엔 계단이 있었고, 웅덩이가 있었고, 돌부리와 나무가 있었다. 그는 넘어지고 또 넘어졌다. 하지만 세상을 향해 내딛는 첫걸음이었기에 다시 강하게 일어서야 한다고 자신을 채찍질했다.

　시간이 얼마나 흘렀을까. 어머니의 목소리가 들려왔다.

　"애야, 내 아들아……!"

　뒤늦게 아들을 발견한 어머니는 만신창이가 된 그를 부둥켜안고 한동안 흐느껴 울었다. 스무 살의 그는, 자기 걱정에 훨씬 늙어 버린 어머니를 망연히 바라보며 말했다.

　"괜찮아…… 하나도 아프지 않아……."

　아들의 그런 행동이 있은 후, 그의 어머니도 조금씩 변해 가기 시작했다.

　어머니는 지팡이를 하나 준비해 아들의 손에 쥐여 주고, 다른 한쪽을 부축해 주었다. 아들의 여린 손이 가슴을 후벼 팠지만, 더 이상 슬픔 속에 주저앉을 수는 없었다. 아들은 지금 행복한 삶을, 적어도 인간다운 삶을 살아가기 위해 몸부림치고 있었기 때문이다.

며칠 전 흙투성이가 된 아들은 분명히 말했었다.

"이대로 죽어 갈 순 없어요. 한번 해보겠어요."

그녀는 다시 아들의 손을 붙잡았고 힘차게 나아가기 시작했다. 그리고 얼마간 걷기에 익숙해지자 가까운 산을 찾아 오르기 시작했다. 그렇게 앞을 못 보는 웨이언메이어는 점점 등산에 익숙해져 갔다.

그렇게 몇 달이 지나자 웨이언메이어는 이제 누군가의 도움 없이 산을 오를 수 있을 정도가 되었고, 자신감과 오기도 생겨났다. 그는 상처투성이 손으로 지팡이를 짚고 한 산악회 문을 두드렸다. 그곳에는 많은 회원들이 있었지만 앞을 보지 못하는 사람은 웨이언메이어뿐이었다.

그는 늘 당당했고 결코 남에게 의지하거나 포기하는 법이 없었다. 그는 본격적으로 암벽 등반을 배웠고, 극한의 생존 훈련을 무사히 견디어 냈다. 그리고 1997년 드디어 세계 최고봉에 도전하기 시작했다. 그 결과 참혹할 정도로 수많은 시행착오들을 감내해야 했지만, 한순간도 포기하지 않았고 마침내 아르헨티나 아콩카과 봉을 포함한 4개 봉을 정복하는 데 성공했다. 앞을 못 보는 맹인으로서는 세계 최초였다.

웨이언메이어가 세계 최고봉 에베레스트 등정을 위해 카트만두에 도착했을 때였다. 동료들은 그를 위해 작은 종 몇 개를 준비했다. 종소리로 그의 앞길을 좀 더 안전하게 인도하기 위해서였다.

등정을 앞둔 그에게 또다시 사람들이 물었다. 앞을 보지 못하는데 과연 저 험난한 에베레스트를 정복할 수 있겠느냐고.

그가 당당하게 입을 열었다.

"내가 등정에 성공할 가능성은 다른 정상인들과 동일하다고 생각합니다. 이제 더 이상 앞을 볼 수 없다는 장애는 중요하지 않습니다. 극한 상황 속에서 얼마나 스스로를 통제할 수 있느냐, 기상 조건들을 얼마나 정확하게 인식할 수 있느냐가 관건입니다. 저는 일반인들과 동일한 조건에서 등정을 시작할 뿐입니다. 등정에 성공하면 우선 신에게 무사한 하산을 기도할 것이고, 네팔 정부가 허용한다면 정상에서 작은 돌멩이 하나를 가져다가 제 어머니께 선물하고 싶습니다."

사람들은 이제 더 이상 그를 두고 기적이라는 말로 치장하지 않는다. 대신에 그의 발걸음 하나하나에 새겨진 소중한 땀방울을 기억한다.

산다는 것은 죽는 위험을 감수하는 일이며, 희망을 가진다는 것은 절망의 위험을 무릅쓰는 일이고, 시도해 본다는 것은 실패의 위험을 감수하는 일입니다. 그러나 모험은 받아들여져야 한다. 왜냐하면 인생에서 가장 큰 위험은 아무것도 감수하지 않는 일이기 때문이다.

•• 레오 버스카글리아

젓가락 행진곡

 피아니스트 파데
레프스키가 미국에서 공연할 때의 일이다. 어느 대형 연주장에
서 상류층 관객을 대상으로 한 연주 일정이 잡히자 그는 공연
전날까지 열심히 연습에 매달렸다.

마침내 공연 첫날, 연주장에는 많은 관중들이 모여들었다. 그
들 중에는 아홉 살짜리 꼬마의 손을 잡고 온 어떤 여인이 있었
는데, 피아노를 배우는 자기 아이에게 멋진 공연을 보여 주고
싶어 일찍부터 연주장을 찾았다.

공연이 시작되기 전, 파데레프스키가 무대 뒤편에서 연주를
준비하고 있을 때였다. 하나 둘 자리를 잡고 앉는 관중들 사이
에서 아까부터 한 꼬마가 정신없이 돌아다니고 있었다. 연주를
기다리다가 지친 나머지 객석을 뛰어다니며 지루함을 달랬던

것이다.

그런데 어느 순간 그 꼬마가 무대 위로 올라가더니, 사람들이 별다른 주의를 기울이지 않는 사이 피아노 앞에 앉아 건반을 두드리기 시작했다.

"……?"

꼬마는 더듬더듬 〈젓가락 행진곡〉을 연주했다. 그러자 꼬마의 예상치도 못했던 행동에 사람들이 하나 둘 수군대더니 마침내 고함이 터져 나왔다.

"꼬마를 무대에서 끌어내시오!"

무대 뒤에서 이 소동을 알게 된 파데레프스키가 깜짝 놀라 얼른 무대 위로 달려 나왔다. 그리고는 살며시 꼬마 옆으로 다가가서 녀석의 연주에 즉흥적으로 화음을 맞추기 시작했다. 그는 꼬마와 함께 〈젓가락 행진곡〉을 연주하면서 꼬마의 귀에 대고 속삭였다.

"멈추지 말고 계속하렴. 옳지! 잘하는구나."

어느새 소란을 그친 청중들도 피아노 대가와 꼬마의 연주에 귀를 기울이게 되었다.

청중들은 그 날 전혀 예상치 못한 파데레프스키의 즉흥 연주를 들으며, 그의 인간됨에 큰 감명을 받았다.

  고귀한 지혜를 가진 사람일지라도 순수한 인격을 갖추지 않았다면, 어두운 그늘이 그를 둘러쌀 것이다. 그러나 남루한 오막살이에 있을지라도, 교육된 인격은 순수하고 기품 있는 인간의 위대함을 발산한다.

•• 요한 하인리히 페스탈로치

바보 의사

한국의 슈바이처로 불리는
고(故) 장기려 박사는 우리나라 외과 학회에서는 타의 추종을 불
허하는 업적을 남긴 외과 전문의였지만, 그의 일생은 너무나도
서민적이었다. 1995년 여든여섯의 나이로 생을 마감할 때까지
병원 원장으로 40년, 간호대학 학장으로 20년을 일했지만 그에
게는 서민 아파트 한 채, 죽은 후 묻힐 공원묘지 몇 평조차도 없
었다.

생전의 그는 그에 대해 떠도는 미신에 가까운 풍문 때문에 몸
살을 앓아야 했다. 전국 각지에서 가난한 수술 환자들과 더 이
상 치료가 불가능한 말기 암 환자들이 그의 병원으로 몰려왔다.
그런데 문제는 거기에서 그치지 않았다. 어찌어찌해서 입원을
하고 수술을 받아 병이 나으면 그 다음에는 더 큰 문제가 기다

리고 있었다. 입원비와 약값이 없었던 그들이 마지막으로 찾아가는 곳이 원장실이었다.

원래부터 계산에 느리고 바보 같을 정도로 마음이 착한 박사에게 입원비와 치료비를 부담할 능력이 없노라고 눈물을 흘리면, 장 박사는 그들의 딱한 사정을 먼저 생각하고 가슴 아파했다. 병원비를 병원에서 잡일을 하는 것으로 대신할 수 없겠느냐고 환자들이 고상한(?) 제안을 하기도 했는데, 매몰차지 못했던 장 박사는 끝내 그 환자의 치료비 전액을 자신의 월급으로 채워 넣곤 했다. 그의 이런 인품 덕분에 수많은 일화가 꼬리표처럼 달라붙었는데, 여기 아름다운 삽화 하나가 있다.

어느 날 장 박사의 사택 쪽으로 사람 그림자 하나가 숨어들었다. 마침 병원을 둘러보던 경비원이 그를 발견하고 도둑이 틀림없다고 생각했다.

그 경비원은 오랫동안 골수염으로 고생하던 사람이었는데, 소문에 장 박사의 사택과 병원 사이에 누워 있으면 돈이 없어도 병을 고칠 수 있다는 말을 듣고 그대로 따라 했다. 그랬다가 출근하던 장 박사의 눈에 띄어 운 좋게 수술을 받아 완치되었는데, 박사는 오히려 수술 뒤 힘든 일을 하면 안 된다며 병원 경비원 자리까지 마련해 주었던 것이다.

경비원은 박사에게 진 마음의 빚도 갚을 겸 꼭 자기 손으로 도둑을 잡고 싶었다.

그는 구두를 벗어 놓고 발자국 소리를 죽인 채 서재 창문을 살폈다. 그런데 장박사는 이미 도둑을 잡아 놓고 조용한 목소리로 타이르고 있는 게 아닌가. 보아하니 도둑은 가져온 보자기에 서재의 책을 싸려고 한 모양이었다.

장 박사의 목소리가 들려왔다.

"그 책을 가져가 봐야 고물 값밖에 더 받겠소? 그러나 나에겐 아주 소중한 것이라오. 내가 대신 그 책값을 쳐 주리다. 무거운 책보다야 돈이 더 낫지 않겠소?"

"죽을죄를 지었습니다. 용서해 주십시오."

"이 돈 가져가시오. 그리고 바르게 살아 볼 마음이 생기면 언제든지 다시 찾아오시오."

도둑은 돈을 받아 들고 허둥지둥 달아나 버렸다.

경비원은 그렇게 사라지는 도둑의 뒷모습을 멍하니 바라만 보고 서 있었다. 비록 은혜 갚을 기회는 놓쳤지만, 그의 가슴속엔 커다란 감동이 가득 차오르고 있었다.

사람이 돈 있고 지위를 얻었을 때는 품격을 지키기 쉽다. 불우하고 역경에 처했을 때, 품격이 시들지 않고 온전한 사람이 참된 사람이다. 그러므로 불행한 환경에 처했을 때일수록 처신을 잘해야 한다.

•• 공자

어느 잠수부의 노력

1905년 영국에서 가장 훌륭한 성당 가운데 하나인 윈체스터 대성당이 위태로울 정도로 기울고 있었다. 윈체스터 대성당은 토탄층 위에 큰 통나무를 깔고 그 위에 지은 건물로, 맨 아래쪽의 지하 수면이 눈에 띄지 않게 조금씩 가라앉고 있었다. 즉, 토탄으로 된 늪지대에 건물이 조금씩 기울고 있었던 것이다.

윈체스터 대성당은 중세의 석조 건물이어서 그 무게가 만만치 않았다. 하루 빨리 바닥에 콘크리트를 쌓아 떠받쳐 주시 않으면 붕괴의 위험을 피할 수가 없었다. 이미 대성당의 기초 부분이 거의 다 물 속에 잠겨 있는 상태였다.

1906년, 관리들과 전문 학자들은 대성당의 붕괴를 막기 위해 오랜 회의를 했다. 그리고는 회의 결론에 따라 경험이 풍부한 잠수부 윌리엄 워커를 불러들였다. 잠수부에게 도움을 청한다는 건 누가 생각해도 특이한 강구책이 아닐 수 없었다.

그로부터 6년 간 윈체스터 대성당을 드나드는 신도와 관광객들은 대성당과는 어울리지 않게 잠수복을 입고 왔다 갔다 하는 윌리엄 워커를 볼 수 있었다. 하지만 사람들은 그가 어디서 어떤 일을 하는지 알지 못했다.

워커는 하루도 쉬지 않고 매일 여섯 시간씩 물속에 들어가 혼자 고독한 노동을 했다. 그는 켜켜이 쌓여 있는 토탄을 파내고 그 대신 거기에다 콘크리트를 가득 채운 자루를 쌓았다. 그래서 6년 동안 무려 콘크리트 자루 2만5천 개, 콘크리트 블록 11만5천 개, 벽돌 1백만 개를 대성당 바닥에 혼자 쌓았다. 그 공사는 1912년에 이르러 끝났으며 대성당도 위기를 넘길 수 있었다.

윈체스터 대성당의 위기는 한 잠수부의 피나는 노력과 헌신으로 극복할 수 있었던 것이다.

아무리 높다 하더라도 인간이 도달할 수 없는 곳은 없다. 그러나 믿음과 자신감, 근면을 가지고 행동으로 옮겨야 한다. 갈 길이 멀다고만 하지 말자. 목표가 너무 높다고만 하지 말자. 노력으로 한 발 한 발 다가가자. 근면으로 차근차근 올라가자. 자신감을 가지고 조금씩 성취해 나가자.
•• 한스 크리스티안 안데르센

솔롱고

나이 서른의 몽골 노동자 바초 간볼트는 한때 뇌종양으로 죽음의 문턱을 넘나들었다. 돈 벌겠다고 말도 안 통하는 낯선 이국땅에 왔다가 병을 얻어 쓰러진 이 이방인에게 새 생명을 안겨준 한국인이 있었다. 그가 일했던 공장의 사장 박덕기 씨가 바로 그다.

바초는 2000년 10월, 네 명이나 되는 동생의 학비를 벌기 위해 한국 땅을 밟았다. 친구의 소개를 받아 찾아간 곳은 박씨가 사장으로 있는 경기도 양주의 벨벳 원단을 만드는 공장이었나.

바초는 한 달 월급 120만 원을 알뜰히 모아 고향에 보내는 즐거움으로 일이 힘든 줄도 몰랐다. 동생들이 대학에 들어가고 가족들이 아파트로 이사했다는 소식은 고단한 노동 속에서도 그를 견딜 수 있게 해주는 힘이 되었다. 언제부턴가 머리가 자주

아팠지만 두통쯤으로 여기고 참아 넘길 수 있었던 것도 그 때문
이었다.

그러던 어느 날이었다. 기숙사에서 아예 일어나지 못할 정도
까지 되어, 결국 박 사장의 손에 이끌려 병원을 찾을 수밖에 없
었다. 바초는 뇌종양이라는 뜻밖의 진단을 받았다. 작은 주먹만
한 악성종양이 숨골을 압박해서 빨리 뇌수술을 받아야 한다는
것이었다.

자신의 몸 상태를 안 바초는 한사코 몽골 행을 고집했다. 수술
비 4천만 원은 엄두도 낼 수 없어 차라리 고향으로 돌아가 죽겠
다는 마음에서였다.

정말 딱하기 그지없었지만 박 사장 역시 힘들기는 마찬가지
였다. 섬유업계가 불황이어서 직원도 절반 이상 줄였고, 얼마
전에는 전기료 연체 통지까지 받았다.

그러나 박 사장은 포기할 수 없었다. 바초를 보면서 3년 전 뜻
하지 않은 교통사고로 세상을 떠난 자기 아들이 떠올랐던 것이
다. 그는 차마 또 한 명의 아들을 죽게 내버려 둘 수 없었다.

그는 아는 사람들을 힘들게 찾아다녀서 1천만 원을 마련했다.
그런 다음 주한 몽골대사관에 연락을 하는 등 백방으로 노력을
기울였다. 노력한 만큼 길이 열린다고, 고맙게도 한 대학병원에
서 나머지 수술비용 3천만 원을 부담해 주기로 했다.

수술을 앞둔 전날, 바초는 유언을 남기기라도 하듯 간곡하게

말했다. 병세가 워낙 위중해서 수술 성공 확률이 20%에 불과했기 때문이다.

"많은 분들이 도와줘서 정말 고맙습니다. 제가 죽으면 화장하여 유골을 한국에 뿌려 주십시오."

그러나 많은 사람들의 기도 덕분인지 다행히도 수술은 무사히 끝났다. 이제 바초는 퇴원 날짜만 손꼽아 기다렸다. 자기를 포기하지 않고 도와준 박 사장을 위해서 열심히 일해 조금이라도 은혜를 갚고 싶은 마음뿐이었다.

병상을 방문한 한 신문사 기자에게 바초 간볼트는 자신의 심정을 간곡하게 말했다.

"요즘 몽골에선 한국에 대한 인식이 많이 안 좋아요. 적지 않은 노동자들이 한국인 고용주들에게 비인격적인 대우를 받고 임금을 떼였기 때문이지요. 그러나 제 목숨을 구해 준 한국은 '솔롱고'(몽골어로 무지개 나라)입니다."

받은 상처는 모래에 기록하라. 받은 은혜는 대리석에 새겨라.
•• 벤자민 프랭클린

친구

수학 분야에서 세계적으로 명성을 떨친 일본의 기쿠치 박사는 청년 시절 영국의 옥스퍼드 대학에서 유학을 했다. 당시만 해도 동양인이 외국에서 유학을 한다는 것은 매우 드문 일이었다. 기쿠치는 옥스퍼드에서 유일한 동양인이었다.

기쿠치는 입학한 지 얼마 안 되어 전교에서 모르는 사람이 없을 정도였는데, 단순히 그가 동양인이어서가 아니었다. 학업 성적이 얼마나 뛰어났는지 시험이 있을 때마다 매번 일등을 놓치지 않았기 때문이다. 그 일로 영국 학생들의 자존심은 한풀 꺾이고 말았다. 더욱이 기쿠치 다음으로 항상 이등을 차지하는 브라운의 마음은 더욱 무겁기만 했다.

그러던 어느 해 학기말 시험을 코앞에 두고, 기쿠치가 독감을 앓아 학교를 며칠 쉬어야 했다. 학교에 이 사실이 퍼지자 영국 학생들은 드디어 브라운이 일등을 차지해 명예를 되찾게 되었다며 좋아했다.

몇몇 친구들이 브라운을 찾아가 격려했다.

"브라운, 너만 믿는다. 그 원숭이 같이 작은 녀석을 보기 좋게 꺾어 주라고!"

브라운은 조용히 웃음만 지어 보일 뿐이었다.

기말시험 당일, 기쿠치가 핼쑥해진 얼굴로 학교에 나왔다. 그리고 영국 학생들의 비웃는 듯한 시선을 받으며 시험을 치렀다.

며칠 뒤 학교 게시판에 기말시험 성적이 발표되었다. 북적대는 학생들 틈에서 누군가가 실망스런 목소리로 말했다.

"이런! 또 기쿠치가 일등이야."

학생들의 실망은 이만저만한 게 아니었다. 모처럼 브라운이 일등을 하리라던 철석같은 믿음이 깨진 것이었다.

그때 기쿠치가 나타났고, 어안이 벙벙해진 영국 학생들이 한 걸음 물러섰다. 그러자 기쿠치가 서툰 영어 발음으로 또박또박 말했다.

"내가 병석에 있으면서도 수석을 할 수 있었던 건 모두 브라운 덕분입니다."

"?"

"브라운이 날마다 그 날의 강의를 가지고 내 방으로 찾아와

교수님과 똑같이 강의를 해주었습니다.”

기쿠치의 말에 영국 학생들 누구 하나 고개를 들지 못했다.

무수한 사람들 가운데는 나와 뜻을 같이할 사람이 한둘은 있다. 그것으로 충분하다. 공기를 호흡하는 데는 들창 하나로도 족하다.

•• 로맹 롤랑

마지막 연주

 경매장에서 일어난 일이었다.

그곳은 갖가지 귀중한 물건들을 갖기 위해 온 사람들로 만원이었다.

고(古) 미술품들을 비롯한 여러 값진 물건들이 하나 둘 경매에 붙이고 난 뒤 마지막으로 바이올린 하나가 경매에 올랐다. 경매인이 바이올린을 높이 치켜들어 사람들이 잘 볼 수 있게 했다.

한쪽이 마모된 매우 낡고 보잘것없어 보이는 바이올린이었다. 사람들은 그런 상품을 누가 사겠느냐며 비웃기 시작했다. 누군가가 아이들 과자 값도 안 되는 1실링을 부르자 사람들은 일제히 폭소를 터트렸다. 그리고 바이올린을 그 가격에 주라고 소리치기 시작했다.

바로 그때였다. 한 노인이 단 위로 올라갔다. 그가 진지한 표정으로 장내를 둘러보았고, 소란스러웠던 장내는 일순간 침묵이 감돌았다.

"얼마 전까지만 해도 이 바이올린은 저의 분신이나 마찬가지였습니다. 보시다시피 많이 낡긴 했지만, 제겐 많은 추억이 깃든 물건입니다. 이제 이 바이올린을 떠나보내야 하는 마당에, 한때 주인이었던 제가 여러분들께 마지막 한 곡을 선사해도 괜찮겠지요?"

노인은 경매인의 손에서 바이올린을 건네받더니 그것을 턱에 괴고는 연주를 하기 시작했다.

바이올린 소리는 너무나 섬세하고 아름다웠다. 가늘고 절묘한 선율이 경매장 가득 넘쳐흘렀다. 연주가 이어지는 동안 노인의 이마엔 땀방울이 송골송골 맺혔다. 오랫동안 함께했던 바이올린과 노인이 마음이 한데 어울려 긴 추억의 여운을 마지막으로 노래하고 있었다.

이윽고 연주가 끝나자 사람들은 환호성을 지르고 우레와 같은 박수갈채를 보냈다. 감동에 젖은 어떤 사람은 소매 끝으로 눈시울을 훔치기도 했다.

노인이 정중히 허리를 굽혀 인사를 했고, 경매인이 다시 노인이 연주한 바이올린을 들고 값을 물었다.

"5파운드, 10파운드, 20파운드……."

입찰 가격은 계속 올라갔다. 사람들은 너도나도 그 바이올린을 사겠다며 높은 가격을 불러 댔다. 결국 그 낡고 초라한 바이올린은 100파운드라는 엄청난 가격에 낙찰되었다.

언제나 따뜻한 마음으로 모든 것이 소중하다는 것을 알고 그것을 바라볼 때 우리들 가슴은 더욱 따뜻해지며 또한 모든 사람들의 가슴도 따뜻해질 것이다. 사랑이 넘치는 마음은 결코 지나치지 않다.

보이지 않는 사람

　　　　　　어떤 회사 조직이라도 그 구성
원들 중에는 조직에 꼭 필요한 사람과 그렇지 못한 사람이 있다.
누구도 그렇게 되길 원하지는 않지만, 틀림없이 있으나 마나 한
그런 사람이 있다.

　박찬규 주임은 최근 신기술 개발로 전도가 유망한 모 중소기
업 총무과에 근무하고 있었다. 주임 2년차인 그는 연말쯤에 있
을 승진 심사에서 대리 진급을 자신하고 있었다. 그와 입사 동
기인 김 주임이 있었지만, 그는 경쟁 상대가 될 수 없다고 생각
했다. 그가 볼 때 그가 바로 조직에 있으나 마나 한 그런 사람이
었기 때문이다.

　김 주임은 사소한 일로 시간을 허비하는 경우가 많았다. 무슨
잔정이 그렇게 많은지 후배들 뒤치다꺼리나 하기 일쑤고, 남들

손도 안 대는 서류함을 거의 날마다 정리하느라 퇴근 시간을 넘기고, 아침마다 다른 사람 커피 심부름이나 하는 그가 그렇게 무능해 보일 수가 없었다. 게다가 그는 남자다운 박력도 패기도 없었다.

김 주임은 어쩌다 후배들 보는 앞에서 상사에게 질책을 당할 때에도 고개를 푹 떨구고 변명 한마디하지 못했다. 한바탕 혼쭐난 뒤에는 잠시 자리를 비웠다가 자리로 돌아오는데, 그럴 때마다 어김없이 쟁반에 여러 잔의 커피를 따라 들고는, "즐거운 오후 되십시오" 하면서 책상마다 놓아 주는 것이었다. 어쨌든 그는 승진에서 누락될 것이 뻔했고, 박 주임으로서는 그런 그가 고맙기까지 했다.

그런 김 주임이 어느 날 갑자기 휴직계를 제출했다. 자기 아내가 병에 걸렸다는 것이다.

"박 주임, 그동안 고마웠어요. 입사 동기로서 끝까지 함께 있지 못해 죄송하네요. 아내 병간호할 사람이 없으니, 한두 달이라도 내가 곁을 지켜줘야 할 것 같아요."

미음 약한 김 주임은 박 주임 앞에시 훌찍거리며 눈물까지 훔쳤다.

'정말 못난이로군! 사내가 그깟 일로 눈물까지 흘려서야……!'

김 주임은 그렇게 회사를 떠났다.

　그의 뒷모습을 바라보며 박주임은 생각했다.

　'어차피 있으나 마나 했던 사람 아닌가. 저 사람이 회사에 나오지 않는다고 크게 달라질 것도 없을 거야. 이 기회에 확실하게 내 실력을 발휘해야지……!'

　그러나 그게 아니었다. 그가 남기고 간 빈자리가 남은 모든 사람들에게 얼마나 큰 것인지를 시간이 지나면서 알 수 있었다.

　아침마다 마실 수 있었던 향긋한 커피는 기대할 수 없었고, 책상 위의 컵들엔 먼지만 쌓여 갔다. 향기 나던 화장실은 들어가고 싶지 않을 정도로 지저분해졌고, 휴지통은 늘 넘쳐 났다. 서류함도 뒤죽박죽 엉망이었다. 부서 사람들은 점점 짜증 난 얼굴로 변해 갔고, 서로에게 화를 냈으며, 시간이 지날수록 큰 소리가 터져 나오기 시작했다.

　박 주임은 그 날도 상사의 짜증을 다 받아내느라 기분이 몹시 안 좋았다. 답답한 오후 시간을 보내고 있는데, 문득 김 주임이 끓여 주던 커피가 생각났다. 그가 김 주임의 책상 앞으로 다가간 것은 바보처럼 순박해 보이기만 하던 그의 미소를 잠깐이나마 느껴 보기 위해서였다.

　그런데 그가 쓰던 책상 유리 속 조그만 메모지에 담긴 한 줄짜리 글귀가 박주임의 시선을 확 잡아끌었다.

　'내가 편할 때 다른 누군가가 불편함을 견디고 있으며, 내가 조금 불편할 때 누군가는 편안할 것이다.'

자기 자신을 희생하는 것처럼 행복한 일은 없다. 자기를 희생하는 사람들에 의해서만 인류 사회는 개선될 수 있다.

•• 표도로 미하일로비치 도스토예프스키

대문호의 약속

 톨스토이가 여행 길에 올랐을 때의 일이다.

한적한 시골 마을길을 지나갈 때였다. 일곱 살 정도 돼 보이는 귀여운 어떤 소녀가 톨스토이의 허리께를 뚫어져라 응시하더니, 곁에 있던 자기 엄마의 옷깃을 잡아끌었다. 그리고는 뭐라고 말하며 한참 때를 쓰더니 급기야 울음을 터뜨렸다.

"……?"

눈치를 보아 하니, 소녀는 톨스토이가 허리에 둘러맨 가방을 갖고 싶어하는 것 같았다. 그 가방에는 예쁜 백합꽃이 수놓아져 있었다.

톨스토이가 가만히 허리를 굽혀 그 소녀에게 말했다.

"애야, 힘들겠지만 내일까지 기다려 주겠니? 내일이 되면 나에게 이 가방은 소용이 없을 것 같은데, 그땐 틀림없이 네게 이 가방을 선물하마.”

톨스토이의 말에 소녀는 금방 울음을 그쳤고, 약속에 대한 기대감에 두 뺨이 발갛게 달아올랐다.

톨스토이가 허리에 매고 다니는 그 가방은 사실 매우 소중한 친지의 유품이었다. 가방 속에는 그의 책과 필기구들, 여행에 꼭 필요한 것들이 들어 있었다.

이튿날 저녁, 톨스토이는 약속을 지키기 위해 다시 그 시골로 소녀의 집을 찾아갔다. 그런데 소녀의 집에 도착했을 때 여러 사람들이 웅성거리고 있었다. 그 모습은 마치 방금 전 장례식을 치르고 돌아온 듯한 모습이었다.

톨스토이가 소녀의 어머니를 알아보고 물었다.

“댁의 귀여운 따님은 어디 있습니까?”

그러자 소녀의 어머니가 속울음을 참아 넘기며 말해 주었다. 어제 톨스토이와 헤어지고 집에 돌아온 후 아이가 갑자기 이름 모를 병에 끙끙대다가 손 한번 써 볼 겨를도 없이 저 세상으로 떠났다는 것이다.

톨스토이는 소녀의 어머니에게 묘지까지 안내를 부탁했다. 그리고 묘지에 도착해서는 자기가 가져온 백합 꽃무늬 가방을 무덤 앞에 바치고 엄숙히 기도했다.

그의 뒤에서 소녀의 어머니가 미안한 표정으로 말했다.

"성의는 감사합니다만, 아이가 죽었으니 이제 가방은 필요 없습니다."

그러자 톨스토이가 대답했다.

"아뇨. 따님은 죽었지만 나의 약속은 아직 죽지 않았습니다."

언제나 바르게 행동하라. 특히 아이들을 대하는 데 있어서 바르게 하라. 아이들과 약속한 것을 지켜라. 그렇지 않으면 당신은 아이들에게 거짓을 가르치는 것이다.

•• 탈무드

어린 시절

초등학교 시절 정혜는 대단한 깍쟁이였다. 깔끔하기로 소문난 정혜의 어머니는 딸아이의 신발에 먼지 하나 붙는 것도 질겁할 정도였다. 그래서 유치원 때는 물론 초등학교 때에도 오줌을 못 가리는 친구들은 경멸의 대상이었고, 그런 친구들과는 말도 건네지 않을 정도였다. 그런 정혜가 1학년 때 한 친구를 알게 되었다. 지금은 그 이름도 아스라한 미순이라는 아이…….

유치원을 마치고 학교에 입학한다는 사실부터가 가슴 설레는 일이었다. 처음 학교 교실에 들어섰을 때, 나무 책상과 걸상이 너무 멋져 보였다.

첫 수업에 들어오신 담임선생님이 출석을 불렀다. 김 아무개, 박 아무개, 최 아무개…… 물론 정혜의 이름도 불렀다.

“최정혜!”

그러면 정혜는 손을 번쩍 들고 아주 똑 부러지게 “네!” 하고 대답했다.

뒤이어 선생님이 또 한 아이의 이름을 불렀다.

“이미순!”

대답이 없었다.

선생님은 다시 한 번 불렀다.

“이미순 어린이!”

그러자 정혜 바로 뒷자리에 앉은 한 아이가 모기만한 목소리로 “네……” 하고 대답했다.

정혜는 그 미순이라는 아이를 자세히 쳐다보았다. 머리는 며칠 감지 않은 듯 지저분했고, 옷도 매우 허름해 보였다. 몸에서는 무슨 냄새라도 나는 것 같았다. 그런 친구가 바로 뒷자리에 앉아 있다는 것이 매우 불쾌했다. 정혜는 거의 한 달 동안 뒤도 한 번 돌아보지 않았다.

그러던 어느 날, 정혜와 함께 등교하던 옥희가 몸이 아파 결석을 했다. 정혜는 무척 따분했지만 혼자서 등교했다. 방과 후에도 혼자 집에 가기 위해 앞만 보고 뚜벅뚜벅 걷는 정혜를 누군가 불렀다.

“정혜야, 같이 가!”

뒷자리의 미순이었다. 정혜는 정말 내키지는 않았지만, 그래도 혼자 가는 것보단 낫겠다는 생각이 들었다.

"어, 미순아…… 너도 이쪽으로 가니?"

"응. 같이 가자. 근데 너 나하고 오늘 처음 말하는 거지?"

정혜의 얼굴이 빨갛게 물들었다.

"응……."

        그 날 이런저런 이야기를 나누면서, 정혜는 미순이 깔끔하고 예쁜 다른 친구들보다 훨씬 더 착하고 괜찮은 아이라는 사실을 알게 되었다.

미순의 집은 방향도 같을 뿐더러 집도 정혜네와 꽤 가까웠다. 그 날 이후로 둘은 둘도 없는 친구가 되어 등하교 시에는 물론 학교에서도 같이 어울렸다. 이따금씩 미순이 정혜네 집에 놀러 오기도 했다.

어느 날 방과 후에 정혜가 미순에게 말했다.

"미순아, 오늘은 너네 집에 놀러 가자."

"응?"

"너의 집 말이야. 너는 우리 집에 자주 왔지만, 난 한번도 너네 집에 못 가봤잖아?"

"어……."

미순은 왠지 꺼려하는 듯했지만, 정혜는 아랑곳하지 않고 미순을 앞장세웠다.

미순네 집에는 어른들 없이 두 동생만 있었다. 두 꼬마애가 놀고 있다가 미순이 들어오자 활짝 웃으며 반겼다. 허름한 집에 코찔찔이 두 아이를 본 정혜는 속으로 무척 당혹스러웠다.

"배고프지? 언니가 밥해 줄 테니 조금만 기다려."

"응."

미순이 쌀을 씻기 시작했다.

"너 밥할 줄 알아?"

"응."

정혜는 미순이 밥을 할 줄 안다는 사실에도 놀랐지만, 너무나 당연한 일이라는 듯 대답을 하는 것에 또 놀랐다.

"너네 엄마 아빠 어디 가셨는데?"

"응, 일하러."

나중에 안 사실이지만, 미순은 소녀가장이었다. 어머니는 집을 나가고, 술주정뱅이 아버지는 막노동판을 전전해야 했기 때문에 두 동생을 돌보는 일은 순전히 미순의 몫이었다.

어느 날 담임선생님께서 말씀하셨다.

"내일은 불우이웃을 돕는 날이니까, 사랑의 쌀 가져오는 거 잊지 마세요."

정혜는 집에 돌아온 즉시 준비물을 챙기면서, 어머니께 말씀

드려 라면 봉지 반 분량의 쌀을 준비했다

이튿날 아침, 미순은 나타나지 않았다. 다들 출석도 부르고 사랑의 쌀도 냈는데 미순은 보이지 않았다.

1교시가 끝나도록 미순이 오지 않자 선생님이 근심스런 표정으로 물었다.

"누구 미순네 집 아는 사람?"

정혜가 손을 들었고, 선생님은 방과 후에 함께 미순네 집에 가보자고 하셨다.

그런데 2교시가 막 끝났을 때, 미순이 교실에 나타났다. 땀을 많이 흘려 얼굴이 빨갛게 상기된 미순이 가쁜 숨을 몰아쉬었다.

"준비물 때문에요……."

알고 보니 미순은 라면 봉지 반 분량의 쌀을 쌀 반 가마니로 알아듣고는, 학교까지 그 쌀 반 가마니를 낑낑대며 들고 온 것이었다.

반 친구들은 깔깔대고 웃으면서, "멍청이" "바보" 소리를 연발했다. 그런데 선생님께서 화를 내시며 아이들을 조용히 시키셨다. 그리고는 미순을 교실 한 구석으로 데리고 가시더니 주르르 눈물을 흘리셨다.

"?"

아이들의 눈이 휘둥그레졌지만, 선생님은 계속 미순의 어깨를 다독거리시면서 우셨다.

얼마 후 마음을 진정시키고 난 선생님께서 말씀하셨다.

"오늘 여러분이 가져온 사랑의 쌀은 우리 반 친구 중에 형편이 어려운 이미순 학생을 돕기 위한 것입니다……. 가난은 죄가 아닙니다. 친구가 아파하면 도와줘야 하고 용기를 불어넣어 주어야 합니다. 오늘 여러분들이 불우한 친구를 위해 쌀을 가져왔듯이 앞으로도 서로 사이좋게 지내도록……."

추억은 식물과 같다. 어느 쪽이나 다 싱싱할 때 심어 두지 않으면 뿌리를 박지 못하는 것이니, 우리는 싱싱한 젊음 속에서 싱싱한 일들을 남겨 놓지 않으면 안 된다.

•• 샤를 오귀스랭 생트뵈브

우단토끼의 사랑

 단편
중에 「우단토끼」가 있다.

옛날에 우단으로 만든 토끼가 한 마리 있었다.

한 꼬마가 어느 해 크리스마스 선물로 받은 이 토끼는 처음에
는 꼭 진짜 토끼처럼 털도 복슬복슬하고 아주 귀여운 모습을 하
고 있었다. 그러나 이 토끼는 크리스마스 날에만 아주 잠깐 아이
의 즐거움이 되었을 뿐 곧 잊히고 말았다. 아이는 다른 장난감에
매달렸고, 값비싼 장난감들 역시 싸구려 우단으로 만들어진 토
끼를 푸대접했다. 그러자 작고 가엾은 우단토끼는 자기를 보잘
것없고 시시한 존재라고 생각하며 자주 깊은 슬픔에 빠졌다.

그런데 아이도 다른 장난감들도 무시해 버린 그 토끼를 가죽
말 혼자만은 따스하게 대해 주었다. 다른 누구보다도 아이의 방

에서 오래 머물고 있던 그 가죽말은 낡고 다 해진 모습이었지만, 매우 지혜로웠고 그 방에서 이루어진 많은 기적에 대해 잘 알고 있었다.

우단토끼가 하루는 그 가죽말에게 물었다.

"대체 진짜란 게 뭐죠? 뱃속에서 윙 하는 소리가 나고 손잡이가 튀어나오는(전동 장난감) 그런 건가요?"

가죽말이 말했다.

"진짜라는 외양이 중요한 게 아냐. 네가 어떻게 생겼는가 하는 건 문제가 될 수 없지."

"그럼요?"

"너한테 어떤 일이 일어나는가가 중요해. 어떤 아이가 널 아주 오래오래 사랑해 주면, 그냥 갖고 놀기 위해서가 아니라 정말로 너를 사랑하면, 그럼 넌 진짜가 되는 거야."

우단토끼가 눈을 동그랗게 뜨며 다시 물었다.

"그러면 아픈가요?"

"어떤 때는. 그렇지만 진짜가 되면 아파도 괜찮아."

"그게 태엽을 감을 때처럼 단번에 되는 건가요, 아니면 조금씩 되는 건가요?"

가죽말이 침착하게 대답했다.

"단번에 되는 건 아니야. 아주 오랜 시간이 걸리지. 그래서 쉽게 망가지거나 모가 나거나 살살 다루어야 하는 이들에게는 좀처럼 일어나지 않아. 대개 진짜가 될 때쯤에는 하도 손을 많이 타서 아주 초라해 보이게 마련이지. 하지만 아무렇지도 않아.”

“왜요?”

“한번 진짜가 되고 나면 다시는 미워할 수가 없거든.”

그러면서 가죽말은 꼬마의 아저씨가 자기를 진짜로 만들었다는 이야기도 들려주었다. 우단토끼는 자기도 진짜가 되고 싶은 마음이 간절했다. 그것이 어떤 것인지, 정확히 어떤 느낌인지 정말 알고 싶었다.

그러던 어느 날이었다. 꼬마는 늘 데리고 자던 강아지를 잃어버렸다. 그래서 하는 수 없이 그날은 우단토끼를 안고 침대에 누웠다.

꼬마는 토끼에게 이런저런 이야기를 들려주기도 하고, 이불을 돌돌 말아 동물을 만들어 같이 놀기도 하면서 아주 재미있는 시간을 보냈다. 우단토끼는 잠이 드는 꼬마의 작고 따뜻한 턱 밑으로 기어 들어가 밤새 길고 달콤한 꿈을 꾸었다. 그런 나날은 꽤 오랫동안 지속되었다.

그렇게 시간이 흘렀고, 우단토끼는 마냥 행복감에 겨워 자기가 어느새 낡고 빛바래고 군데군데 털도 뜯겨 나간 사실을 잊고 있었다.

어느 날 이웃집 파티에 초대되어 간 꼬마는 노는 데 정신이 팔린 나머지 그만 그 우단토끼를 그 집 마당에 두고 돌아왔다.

그 날 밤 침대에 든 꼬마는 곁에 토끼가 없자 잠이 오지 않았고 하는 수 없이 꼬마의 엄마가 밤중에 등불을 켜 들고 옆집 마당을 헤매어야 했다.

얼마 후, 이슬에 젖고 흙투성이가 된 우단토끼를 보고 꼬마의 엄마가 불평했다.

"넌 어쩜 그 모양이니? 꼭 이 토끼가 있어야겠어? 다 큰애가 이런 장난감을 갖고 그 난리를 피우다니!"

꼬마가 벌떡 침대에서 일어나며 소리쳤다.

"내 토끼 이리 줘! 그 앤 장난감이 아니라 진짜란 말야!"

그 순간 우단토끼는 속으로 맑은 눈물이 샘솟는 것을 느꼈다. 가죽말이 말해 준 기적이란 것이 바로 자신에게도 찾아왔다는 것을 실감하면서……. 우단토끼의 작은 가슴은 북받쳐 오는 사랑의 기쁨에 터질 것만 같았다

시간은 점점 흘렀고, 우단토끼는 더욱 낡고 초라해져 갔다. 그러나 꼬마는 변함없이 그 우단토끼를 사랑했으며, 우단토끼 역시 자기 겉모습이 다른 이들에게 어떻게 보일지 따위는 관심이 없었다. 일단 한번 진짜가 되고 나면 초라함 따위는 아무렇지도 않았기 때문이다.

　사랑이란 '진짜가 되는 것' 이다. 진짜 사랑을 아는 사람만이 "널 사랑하므로 네가 필요해"라고 속삭일 수 있는 것이다.

한 손으로 치는 박수

미국의 가장 유명한 연예인 중 한 사람이었던 지미 듀란테는 한번은 참전 용사들을 위한 쇼 프로그램에 출연해 달라는 요청을 받았다. 바쁜 스케줄로 꽉 짜여져 있던 그는 시간 내기가 어려웠지만, 차마 거절하지 못하고 단 몇 분밖에 시간을 낼 수 없다고 말했다. 그를 무대에 세우는 것만으로도 대성공이라 생각한 쇼 기획자는 간단한 원맨쇼를 한 뒤 무대를 내려와도 좋다고 했다.

쇼 공연이 있는 날이 되었다. 여러 연예인들의 공연이 있은 뒤 대 스타 지미 듀란테가 무대에 올라갔다. 그런데 지미 듀란테는 예정된 짤막한 원맨쇼를 끝내고도 웬일인지 무대에서 내려올 생각을 하지 않았다. 관객들의 박수 소리는 점점 커졌고,

그는 계속해서 쇼를 진행했다.

10분, 20분, 30분……. 무대 뒤에 서 있던 쇼 기획자는 고개를 갸웃거렸다. 마침내 한 시간에 가까운 쇼를 완벽하게 마친 지미 듀란테가 우레와 같은 객석의 환호를 받으며 무대에서 내려오자 쇼 기획자가 물었다.

"난 당신이 단지 몇 분만 무대에 설 줄 알았는데, 어떻게 된 일입니까?"

지미 듀란테가 밝은 미소를 지으며 대답했다.

"처음엔 나도 그럴 계획이었소. 하지만 내가 계속해서 쇼를 진행한 데는 그만한 이유가 있소. 저기 무대 맨 앞줄에 앉은 사람들을 보시오."

쇼 기획자가 지미 듀란테가 가리키는 곳을 바라보았다. 그리고는 이내 자신의 콧등이 시큰해지는 것을 느낄 수 있었다.

무대 맨 앞에는 두 명의 참전 용사가 앉아 있었는데, 둘 다 전쟁에서 한쪽 팔을 잃은 사람들이었다. 한 사람은 오른팔, 한 사람은 왼팔을 잃은 두 사람이 나란히 앉아서 매우 즐거워하면서, 각자 남은 한쪽 팔을 서로 부딪쳐 가며 열심히 박수를 치고 있었다.

모든 예술의 궁극적인 목적은 인생은 살 만한 가치가 있다는 것을 일깨워 주는 것이다. 또한 그것은 예술가에게 더없는 위안이 된다.

•• 헤르만 헤세

매화와 휘파람새

옛날에 흙으로 그릇을 만들어 살아가는 춘기라는 청년이 있었다.

춘기에게는 예쁜 약혼녀가 있었는데, 그만 몹쓸 병에 걸려 결혼을 사흘 앞두고 죽고 말았다. 그는 매일 약혼녀의 무덤을 찾아가서 혼례도 치르지 못한 그녀의 원혼을 위로해 주었다.

그러던 어느 날, 무덤 가에 매화나무 한 그루가 돋아나 있는 것을 보았다. 춘기는 그 꽃이 죽은 약혼녀의 넋이라고 생각하고 그 꽃을 자기 집 마당에 옮겨 심었다. 그리고는 결혼도 하지 않은 채 그 꽃을 가꾸며 사는 것을 낙으로 삼았다.

세월이 흘러 춘기는 늙고, 매화나무도 자랄 대로 자랐다. 그는 명절 때마다 매화나무의 꽃 그릇을 새로 만들어 옮겨 심으며, 마치 산 사람에게 말하듯 이렇게 읊조리곤 했다.

"내가 죽으면 누가 널 돌봐 줄까……."

춘기는 더 늙어 눈도 잘 안 보였다. 몸도 더욱 쇠잔해져 움직이지도 못하게 되었지만 불쌍한 노인을 돌봐 줄 사람이 없었다.

몇 달이 훌쩍 지난 어느 날이었다.

동네 사람들은 춘기 노인 집 대문이 굳게 잠겨 있는 것을 발견하고는 무슨 곡절이 있는 게 아닌지 안으로 들어가 보았다.

집 안에는 아무도 없었고 춘기 노인이 앉았던 자리에는 예쁘게 만든 그릇이 하나 놓여 있었다. 누군가 그 뚜껑을 열자 그 속에서 휘파람새가 나와 날아올랐다. 춘기 노인이 죽어서 휘파람새가 되었던 것이다.

그 이후부터 매화꽃에는 꼭 휘파람새가 따라다니게 되었다.

사랑의 마음 없이는 어떠한 본질도 진리도 파악하지 못한다. 인간은 오직 사랑의 따스한 정으로만 우주의 전지전능에 접근하게 된다. 사랑의 마음에는 모든 것이 포근히 안길 수 있는 힘이 있다. 그것은 인간 생활의 최후의 진리며 최후의 본질이다.

오존주의보보다 더 강력한 것

 만나기 위해 집
현관문을 밀칠 때 등 뒤에서 어머니가 한마디했다.

"오늘 오존주의보란다. 괜히 싸돌아다니지 말고 일찍 들어와."

공기 중의 오존 농도가 짙어져서 사람들의 호흡기에 영향을
끼칠 정도가 되면 오존주의보가 발령된다. 문명의 발전은 인간
을 보다 편리하게 만드는 한편으로 자연의 수명을 그만큼 깎아
먹고 있는 것이다. 마음 놓고 밖에 나다니지도 못할 무서운 세
상이 되어 가는 것도 그런 이유 때문이다.

혜영은 친구와 만나 영화를 보고 햄버거를 먹으면서도 기분
이 영 께름칙했다. 그래서 아이쇼핑 계획을 취소하고 집에 일찍
들어가려고 했다. 친구와 헤어져 버스 정류장에 서 있었는데,
후텁지근한 날씨에 버스가 지나갈 때마다 뿜어 대는 매연까지

정말 숨도 못 쉴 지경이었다.

그런데 저쪽 길모퉁이에서 누군가 다투는 시끌벅적한 소리가 들려왔다. 뭔가 부서지는 소리도 나고 구경꾼들이 몰려가는 등 한바탕 소란이 벌어졌다. 호기심 많은 혜영도 가만있을 리 없었다. 얼른 뛰어가서 사람들 사이를 비집고 구경하기 시작했다.

서너 명의 구청 단속반원들이 김밥과 샌드위치 등을 파는 작은 포장마차를 뒤집어엎고 있었다. 계란이 깨지고, 우윳병이 이리저리 뒹굴고, 도넛들이 아무렇게나 길바닥에 처박혀 있었다.

한동안 단속반원들에게 사정도 하고 울부짖으며 막무가내로 매달려 보기도 하던 포장마차 주인 남자는 모든 것을 포기한 듯한 망연자실한 표정으로 땅바닥만 보고 있었다.

아주 짧은 순간, 혜영은 주위의 모든 것이 갑자기 정지해 버린 듯한 느낌이 들었다. 포장마차에 있던 음식물을 트럭에 옮겨 싣는 단속반원들의 손길이 분주했고, 여전히 검은 매연을 내뿜은 버스들이 도로 위를 내달리고 있었다. 마치 끓는 압력솥 안에서 있는 것처럼 숨이 막혔다. 흙 묻은 도넛과 이리저리 굴러다니는 우윳병들이 오존주의보보다 훨씬 더 강력한 경보를 울리는 것 같았다. 한 아주머니의 날카로운 목소리가 울려 퍼진 것도 바로 그때였다.

"먹고살겠다고 하는데, 그 사람 이제 그만 괴롭혀요!"

목소리가 떨리는 것으로 보아 아마도 한참을 주저하다 나선 듯했다.

지켜보던 이들 몇몇이 웅성거리며 그 아주머니의 말에 동조
했다. 그러자 사람들의 반응에 놀란 듯 단속반원들의 손길도 조
금 멈칫했다.

바로 그때였다. 말쑥한 정장
차림의 50대 남자가 뚜벅뚜벅 걸어 나오더니 길바닥에 뒹굴던
우웃병을 주워 들었다. 그런 다음 멍하니 서 있던 주인 남자에
게 지폐 몇 장을 쥐여 주고는 돌아서 가는 것이었다.

그 광경을 지켜보던 사람들은 그제야 잠에서 깨어 난 듯 행동
하기 시작했다. 방금 전 소리쳤던 아주머니가 김밥 몇 줄을 집
어 들고 돈을 지불했다.

이어서 아기를 업은 새댁이 삶은 계란 몇 개와 봉지에 담긴 도
넛 몇 개를 샀고, 그 뒤로는 여러 사람들이 자연스레 줄을 지어
서 하나하나 먹을 것들을 사기 시작했다. 어떤 할아버지는 한참
동안 주인 남자의 어깨를 토닥거려 주기도 했다. 혜영도 줄의
중간쯤에 서 있다가 도넛을 샀다.

집으로 돌아가는 버스를 기다리면서 마음이 어찌나 상쾌했던
지……. 혜영은 얼른 집에 가서 어머니께 말씀드리고 싶었다.
오존주의보보다 더 강력한 것을 발견했으니 세상은 아직도 충
분히 싸돌아다닐 만하다고…….

이 세상의 모든 것이 마음가짐 여하에 달렸다. 푸른 안경을 쓰고 사물을 보면 모든 것이 푸르게 보인다. 세상을 낙관적으로 보느냐, 비관적으로 보느냐에 따라 즐겁기도 하고, 슬프기도 한다. 빛나는 마음, 넓은 마음, 깨끗한 마음, 겸손한 마음, 온유한마음으로 세상을 보자.

•• 빅토르 위고

사랑의 처방전

영국의 한 시골 병원에 초라한 행색의 부인이 찾아와 애원했다.

"의사 선생님, 지금 제 남편이 죽어 갑니다. 제발 살려 주세요."

의사가 하던 일을 멈추고 서둘러 왕진 가방을 챙겨 들었다. 그런데 부인은 의사의 눈치를 살피며 이렇게 말했다.

"죄송합니다만…… 선생님께 미리 말씀드리는데…… 저는 지금 가진 돈이 한 푼도 없습니다……."

의사가 대꾸했다.

"그게 무슨 대수라고, 사람부터 살려야지요."

의사는 그 즉시 부인을 따라 어느 낡고 초라한 집에 도착했다. 그리고 서둘러 쓰러져 누운 부인의 남편을 진찰해 보고 나서 말했다.

"큰 병은 아니니 안심하십시오."

"정말 감사합니다, 선생님."

"약간의 처방을 해드릴 테니 병원으로 오시죠."

병원으로 돌아온 의사는 부인에게 작은 상자를 하나 건넸다.

"이 상자를 반드시 집에 가서 열어 보세요. 그리고 이 안에 적힌 처방대로 하면 남편 분의 병은 금세 나을 겁니다."

부인은 의사가 시키는 대로 집에 돌아와 그 상자를 열어 보았다. 놀랍게도 상자 안에는 처방 약 대신 한 뭉치의 지폐가 들어 있었다. 그리고 작은 쪽지에 이런 글이 씌어 있었다.

'처방전 — 남편 분은 극도의 영양실조 상태입니다. 이 돈으로 뭐든 드시고 싶은 음식을 사 드리세요.'

부인은 감격한 나머지 눈물을 뚝뚝 떨어뜨리며 오랫동안 그 처방전을 들여다보았다.

부인에게 친절을 베푼 이 사람이 바로 일생동안 사랑의 인술을 펼친 영국의 유명한 의사 올리버 골드스미스였다.

위대함은 과연 어디서 오는가. 어떤 사람이 위대한가. 사람들이 어째서 그를 위대하다고 하는가. 무엇이 그를 위대하게 보이게 하는가. 그것은 자기 자신에 대한 성실함을 일생동안 변함없이 보여주었기 때문이다. 그것이 그를 위대하게 만들었으며, 위대하게 보이게 하는 것이다.

•• 프리드리히 니체

느낌표

 남자가
있었다. 무엇을 보든 대수롭지 않게 여기고 매사를 시들하게 생
각했다. 아름다운 사람이나 그림을 보아도, 음악을 들어도, 봄
의 푸른 새싹을 보아도, 비 갠 하늘에 쌍무지개가 떠도 감동할
줄 몰랐다. 파란 가을 하늘을 보고 감탄하는 사람을 보고도 "원
저렇게 감정이 헤퍼서야……" 하고 혀를 차는 사람이었다.

그러자 느낌표를 전혀 쓸 줄 모르는 이 남자에게 속해 있던 느
낌표가 곰곰이 생각했다.

'날 이렇게 무시하다니! 이렇게 무시당하다간 끝내 내 존재가
사라지고 말 것 아닌가……!'

느낌표는 자기 존재를 보호하기 위해서라도 어떻게든 이 사
람으로부터 탈출해야겠다고 결심했고, 그때를 기다렸다. 마침

내 장대비가 억수로 퍼붓던 어느 날 밤, 드디어 느낌표가 이 감동할 줄 모르는 남자의 곁을 떠나 버렸다.

그러자 그 결과는 즉시 나타났다. 느낌표가 빠져나간 줄도 모르고 있던 이 남자에게 곧 권태와 식욕부진이 찾아왔고 그것은 점차 조울증으로 발전했다.

곁에서 보다못한 가족들이 그를 정신과 의사에게 데려갔고, 진찰을 마친 의사가 처방을 내렸다.

"감동을 회복하시오. 무얼 보았을 때 '오!' 하고 놀라거나 '아!' 하고 감탄하는 습관을 기르시오. 그러면 점차 댁의 기력이 회복될 것이오."

그러나 어쩔 것인가? 그에게는 이미 느낌표가 달아나고 없지 않은가!

남자는 곧 느낌표를 찾아 떠돌기 시작했다. 남들이 좋다는 명산을 찾아가기고 하고, 명작을 보기 위해 극장에 가기도 했으며, 전국의 이름난 바닷가를 헤매기도 했다. 그러나 그의 느낌표는 그 어느 곳에도 없었다.

찾다 지친 남자가 터벅터벅 걸어서 집으로 돌아왔나. 그리고 모처럼 돌아온 집에서 따뜻한 물로 목욕을 하고 긴 숙면을 취했다.

얼마나 잤을까? 잠자리에서 일어나 보니 어느새 문 창호에 해맑은 빛이 스며들어 와 있었다. 자기도 모르게 문을 연 그 순간 남자는 숨을 멈추었다. 그가 잠든 사이에 내린 첫눈이 담장이고 마당이고 온 세상 천지를 하얗게 뒤덮고 있는 게 아닌가!
　순간 남자의 입에서 외마디 감탄사가 흘러나왔다.
　"오!"

　　　　　감동과 기쁨은 우리가 우리 자신이 된다는 궁극에 점점 접근해 가는 과
정에서 맛볼 수 있는 그 무엇이다.

참 아름다움

 카페에 두 청년이 정답게 마주앉았다. 두 사람은 프랑스 화단에서 주목받고 있는 화가들이었다. 그때까지 온갖 고통을 참고 견뎌 낸 두 친구는 무명의 설움을 이겨 낸 지난 시간들을 추억하고 나서 한 가지 약속을 했다. 1년 후 이 세상에서 가장 아름다운 장면을 그림으로 그려 이 자리에서 다시 만나자고.

시간이 흘러 딱 1년째 되던 날, 두 친구는 다시 그 자리에서 만났다. 저마다의 작품을 꺼내 놓은 두 사람은 서로 너무나 다른 그림에 무척 놀랐다.

목가적인 전원 풍경을 그린 친구가 먼저 말했다.

"난 평화로운 시골 마을을 배경으로 아름다운 저녁놀이 지는 장면을 그렸네. 아이들이 정겹게 뛰놀고, 농부들이 추수하는 기쁨을 화폭에 담았지. 하지만 자네 그림은 전혀 뜻밖인걸? 어떻게 이게 가장 아름다운 그림이라고 생각한 거지?"

온통 격랑으로 몸부림치는 화폭을 펼쳐놓은 친구가 말했다.

"나도 처음엔 자네처럼 그런 목가적인 풍경을 그리기 시작했네. 하지만 어느 비바람 치고 폭풍우가 몰려오던 캄캄한 밤에 파도에 휩쓸려 버릴 것 같은 바위 위에서 굳건하게 서 있던 갈매기의 모습을 보고 마음을 바꾸었지. 자네가 그린 아름다움은 폭풍우가 치면 무너질 아름다움이지만, 가장 힘든 순간에도 고요를 찾은 그 갈매기의 모습은 너무나 아름다웠다네."

인간은 누구나 변화를 싫어하고 두려워하는 잠재의식 때문에 더 발전할 수 있는 새로운 환경 앞으로 나가지 못한다. 그러나 인생은 한 자리에 서 있는 것이 아니라 앞으로 걸어가는 것이 만약 누군가가 그대에게 그 일은 절대 성공한다는 확실한 보장을 해준다면, 당신은 서슴지 않고 나설 것이다. 분명 이것은 잘못된 결과다. 남의 힘을 바라지 말고, 그대 자신의 신념을 믿어야 한다. 굳은 신념이 그대의 새로운 성공을 보장할 것이기 때문이다.

셋
행복으로 함께 걷는 길

아름다운 양심

멕시코의 작은 시골 출신인
스물 두 살의 아센시온 곤살레스는 불법 체류자였다.

자신이 처한 궁핍한 환경에 만족할 수 없었던 그는 다른 수많
은 불법 이민자들과 마찬가지로 기회의 땅 미국으로 건너와 로
스앤젤레스에 안착했다. 우여곡절 끝에 숙소를 마련했고 아는
이들을 만나 임시 일자리도 구했다. 불법 이민자들의 초기 생활
이 그렇듯이, 그의 첫 직장은 스테이크 하우스의 접시 닦기였다.

곤살레스는 정말 부지런히 일했고, 번 돈은 끔찍이도 아꼈다.
그래서 한 달 접시 닦기를 해서 번 1천3백 달러 중 8백 달러는
멕시코의 부모님에게 송금할 수 있었다.

그런데 이 둘도 없는 효자에 성실하기 그지없는 곤살레스에
게 어느 날 한 가지 시험과도 일이 일어났다. 로스앤젤레스 다

운타운을 지나다가 마침 이곳을 통과하던 무장 현금 호송 차량에서 현금 가방이 떨어지는 것을 목격했던 것이다.

달려가 그 가방을 열어 보니 무려 20만3천 달러의 현금이 들어 있었다. 두근거리는 가슴을 진정시키며 그것을 쓰레기통에 숨겨 놓고 귀가한 곤살레스는 하늘이 주신 그 선물을 어떻게 처리해야 할지 고민하기 시작했다.

불법 이민자에다 한 달 월급이 고작 1천3백 달러인 접시 닦기인 자신에게 그 돈은 정말 엄청난 유혹이었다. 단번에 자신의 운명을 바꿀 수도 있었고, 신이 주신 선물로 여기고 좋은 일에 쓸 수도 있었다. 하지만 천성이 착하기만 한 그의 양심이 문제였다.

거의 뜬눈으로 밤을 새운 곤살레스는 이튿날 아침 우연히 TV 아침 뉴스를 보게 되었다. 뉴스 프로의 앵커가 말했다.

"이만한 거금을 주워서 선뜻 돌려줄 양심 있는 시민이 과연 있을지 모르겠군요."

뉴스를 보고 난 곤살레스는 힘든 심적 갈등을 접고 그 돈을 돌려주기로 결심했다. 그래서 즉시 방송국으로 전화를 걸었다.

그의 도움으로 거액을 되찾은 현금 수송 회사는 곤살레스에게 사례를 했다. 그에게 2만5천 달러의 보상금을 주기로 한 것이다. 물론 그의 신분을 고려해서 수표가 아닌 전액을 현금으로 말이다.

　그러자 로스앤젤레스 경찰도 관용을 베풀었다. 그가 불법체류자라는 사실을 연방이민국에 알려줘야 할 이유가 없다고 밝힌 것이다.

세상에서 가장 강한 것은 내 양심이다. 양심이 약하면 나 자신도 약해진다. 양심을 잘 지켜 나감으로써 인생을 가장 강하게 살아 나갈 수 있다는 점을 사람들은 너무도 생각지 않고 있다.

•• 에픽테토스

인생의 동반자

1996년 1월 5일 오전 일곱 시, 중국 산둥 성 지남의 선로 가설 노동자 송학문은 출근하는 길에 우연히 작은 물건을 하나 주웠다. 꼭 열쇠고리처럼 생긴 것이었는데, 학문은 그걸 아무 생각 없이 바지 호주머니에 집어 넣었다. 그의 운명을 송두리째 바꿔 버린 사건은 그렇게 사소한 일로 시작되었다.

두 시간 뒤부터 학문은 갑자기 머리가 어지러워지면서 구역질이 나기 시작했다. 식은땀이 나면서 전신이 무기력해져 도무지 일을 계속할 수가 없었다.

'내가 왜 이러지……?'

학문은 잠깐 쉬면 괜찮아지겠지, 하고 휴게실로 들어갔다. 그러나 상황은 조금도 호전되지 않았다. 구토를 어찌나 많이 했는지, 오후 다섯 시 무렵에는 몸이 탈진하여 걷지도 못했다. 도저히 참을 수가 없었던 그는 거의 기다시피 하여 휴게실 바로 밑에 있는 당직실로 내려갔다.

당직 직원이 깜짝 놀라며 그를 맞았고, 소식을 듣고 달려온 그곳 관리들은 학문이 주웠다는 그 '열쇠고리'를 보고 소스라치게 놀랐다. 그것은 전날 연구팀 사람들이 분실했다고 신고한 이리듐192로서, 전문 선로 검사에 쓰이는 방사성 물질이었던 것이다.

이리듐192는 핵복사성이 매우 강해서 인체의 여러 기관을 점진적으로 파괴하며 심지어는 생명까지도 위협하는 물질이었다. 그들은 학문을 즉시 병원으로 호송했고, 이튿날에는 중국 유일의 방사성 질병 예방치료 센터 베이징 307병원으로 보냈다.

핵복사의 피해가 얼마나 무서운지 학문의 병세는 좀처럼 수그러들지 않았다. 1996년 1월부터 1998년 2월까지 무려 일곱 차례에 걸쳐 크고 작은 수술을 하고 나서야 병세가 어느 정도 안정되었다. 그 사이에 학문은 두 다리를 절단해야 했고, 오른쪽 팔 절반을 잃었으며, 왼쪽 손가락도 기형으로 변해 있었다.

1998년 5월, 마지막 수술을 마치고 난 송학문은 휠체어에 실려 고향으로 돌아왔다.

그 해 12월 23일, 평소 아들의 손발이 되어 주던 그의 어머니가 갑작스레 외출을 하게 되자 혼자 밤을 지내게 되었다. 그런데 학문은 도무지 잠을 이룰 수가 없었다.

이런저런 생각에 뜬눈으로 밤을 새운 학문은 새벽 다섯 시 무렵 갑자기 누군가의 목소리가 그리워졌다. 아무에게나 전화를 걸어 대화를 나누고 싶은 충동에 사로잡혔다. 그래서 전화기를 끌어당겨 무작정 아무 번호나 눌러 댄 다음 혹시나 하고 기다렸다. 그런데 몇 번의 신호음이 들린 후 "여보세요?"라는 목소리가 들려왔다.

부드러운 여자의 목소리였다. 학문은 얼떨결에 "저, 저……." 하고 망설이다가 간신히 용기를 내어 "안녕하세요?" 하고 인사했다. 그리고는 다음 말이 떠오르지 않아 주저주저하다가 이렇게 얼버무렸다.

"이렇게 늦은 시각까지 안 주무시나요?"

그러자 상대방이 가벼운 웃음소리를 흘렸다.

"늦다니요? 날이 다 새어 버렸는데……. 근데, 누구시죠?"

"접니다, 아, 저는……."

학문이 겨우 변명거리를 찾아냈다.

"오늘이 제 생일인데, 축하해 줄 사람 하나 없어서 서럽네요. 그냥 아무하고나 대화를 나누고 싶어서 전화했습니다……."

그가 아무렇게나 눌러댄 전화번호는 지린 시에 위치한 어느 진료소의 전화번호였고, 전화를 받은 사람은 그곳에서 서무 일을 보고 있던 양광이라는 아가씨였다.

난생 처음 그런 전화를 받은 양광이 터져 나오는 웃음을 간신히 참으며 말했다.

"그럼 제가 생일을 축하해 드릴게요."

그 날 학문과 양광은 시간 가는 줄도 모르고 아침 아홉 시까지 대화를 나누었다.

뜻하지 않은 사고로 1급 장애자가 되었지만 매사에 낙천적이고 유머 넘치는 학문과, 마음씨 착하고 이해심 많은 양광은 그 날부터 수시로 전화를 주고받는 사이가 되었다. 그런데 나이가 비슷한 두 사람은 이상하게도 취미와 생활 습관은 물론 세상을 보는 시각까지도 비슷했다. 인연은 그렇게 찾아왔다.

전화 통화를 주고받은 지 보름쯤 된 어느 날 양광이 대뜸 이런 말을 했다.

"왠지 학문 씨가 장애자 아닐까 하는 느낌이 드네요."

그 말에 학문이 버럭 화를 내며, "난 장애자가 아니오!" 하고 한마디해 버리고 수화기를 내팽개쳤다. 그러나 생각해 보니 거짓말을 하는 것도 오래가지 못할 것 같았다.

학문은 며칠 후 그녀에게 전화를 걸어서 자기가 장애자임을 솔직히 시인했다. 그런데 예상 외로 양광은 태연한 어조로 이렇게 말하는 것이었다.

"장애자라는 사실이 그렇게 중요한 건 아니잖아요?"

1999년 1월 어느 날, 송학문과 양광이 드디어 마주앉았다. 격정 넘치는 생활과 굴곡진 인생에 대해 서로 허심탄회한 대화를 주고받으며, 그들은 처음으로 자신들의 물리적인 거리가 점점 좁혀지고 있음을 실감했다.

그 날 이후로 두 사람은 수시로 만남을 가졌다. 그러면서 학문은 자신이 양광을 깊이 사랑하고 있음을 깨달았다. 더 이상 자기 감정을 숨기기 힘들었던 어느 날 긴 사랑의 편지를 써 내려갔다.

'양광 씨, 제게 삶의 용기와 희망을 안겨 준 것에 대해 어떻게 감사드려야 할지 모르겠군요……. 양광 씨는 사랑하고 싶어도 그럴 자격조차 없는 한 장애자의 심정을 이해하시는지요…….'

편지를 발송하고 나서 하루, 이틀, 사흘…… 답장을 기다리는 시간이 그렇게 지루할 수가 없었다. 엿새째가 되는 날 드디어 답장이 왔다.

'오락실에서 단계에 도전하는 게임을 해본 적이 있나요? 한 단계 한 단계 넘을 때마다 선물과 보너스가 나오는데, 단계가 높을수록 더 높은 점수가 주어지죠. 그 점수의 유혹에 끌려 도전을 계속하게 되는데, 마지막 고비를 무사히 넘어야 최고 점수를 받게 되죠……. 심리적인 준비가 무엇보다 중요해요. 시시각각 예상치 못했던 고난에 부딪치게 되니까요. 학문 씨는 이런 게임에 도전할 용기가 있나요?

편지를 읽는 학문은 가슴속에 짜릿한 전류가 흘러드는 느낌이 들었다.

그가 다시 편지를 써 내려갔다. 자신에게는 기꺼이 그 마지막 승리를 향해 도전할 용기가 있노라고.

이때부터 양광은 학문을 위해 마음의 창을 활짝 열어젖혔다. 시간만 있으면 학문에게 달려가서는 헤어지기를 못내 아쉬워했다.

학문은 매년 정기 검진을 받아야만 했다. 그가 자기 곁을 떠나기 싫어한다는 것을 잘 알고 있었던 양광은 며칠 동안의 긴 고민 끝에 베이징까지 그를 따라가기로 마음먹었다. 그래서 1999년 3월 8일, 학문 모자를 따라 베이징 행 열차에 몸을 실었다.

"아니, 직장은 어떻게 하고?"

"……그만두었어요."

양광의 그 한마디는 매우 충격적이었다.

"이 기차에 오르는 순간부터 전 학문 씨와 고락을 함께하기로 마음을 굳혔어요. 다른 사람이야 어떻게 보든 전 학문 씨 혼자 고통을 삼키며 살아가게 할 순 없어요."

말을 마친 양광이 학문의 품에 안기며 눈물을 보였고, 학문도 온전치 못한 팔로 그녀를 보듬으며 함께 눈물을 흘렸다.

베이징에 머물며 검진을 받는 동안 양광은 학문의 손과 발이 되어 온갖 시중을 도맡았다. 날마다 사랑의 단꿈을 마시는 학문의 얼굴에도 웃음이 떠날 줄 몰랐다. 4월 말, 그들은 학문의 병이 더 이상 악화되지는 않을 것이라는 진단을 받고 지린 시로 돌아왔다.

그런데 얼마 후 한 가지 문제가 발생했다. 시 당국에서 점점 늘어만 가는 간호비와 의료비, 영양비 등을 증액해 주지 않아 치료를 계속할 수가 없었다. 그래서 학문이 해당 사무국을 찾아가 자신의 억울함을 호소해 보기로 했다. 그 해 7월 26일, 학문과 양광은 또다시 베이징으로 향했다.

그러나 두 사람의 그런 힘든 노력에도 불구하고 서너 달이 지나도록 아무런 성과도 얻지 못했다. 해당 사무국 관리들은 마냥 기다려 보라는 식이었다. 가지고 간 돈도 바닥나서 11월 초쯤에는 남은 돈이 겨우 50전뿐이었다.

"자존심이 무슨 소용이야? 이러다간 굶어 죽겠어. 거리에 나가 비럭질이라도 해야지!"

"그럼 나도 함께 가요!"

이튿날 양광이 학문의 휠체어를 밀고 어느 대형 상가 앞으로 갔다. 그러나 그마저도 쉽지 않았다. 오후 두 시까지 끈질기게 구걸해도 그들에게 동전 한 닢 던져 주는 이가 없었다.

셋방으로 돌아온 양광은 자기가 품팔이를 해서라도 생활비를 벌어 보려고 했다. 그 날부터 한 벌 당 50원씩 받기로 하고 뜨개질감을 받아다가 밤새도록 뜨개질을 했는데, 석 달 사이에 무려

80여 벌의 털옷을 짰다.

2000년 1월, 양광과 함께 다시 지린 시로 돌아온 학문은 시를 상대로 소송을 벌였고, 지린 시 중급인민법원에서는 일심 판결에서 학문에게 45만 위안을 배상하라고 판결했다. 그러나 학문은 이에 불복, 성 고급인민법원에 상소했고, 그 해 11월 법원은 49만 위안을 배상하라는 종심 판결을 내렸다. 배상금을 받은 양광은 학문에게 의족부터 해줄 마음으로 행복해했다.

건강이 나날이 좋아지고 있는 학문을 바라보며, 양광은 그에게 일거리를 찾아주고 싶었다.

'학문 씨는 어려서부터 문학을 좋아했었지. 글을 쓰면서 생활을 개척해 나갈 수는 없을까? 그래, 맞아! 자기가 맛본 고통과 우리의 사랑 이야기를 소설로 엮어 출판하도록 하는 거야!'

양광은 끊임없이 학문을 설득했고, 그녀의 집요한 설득에 마침내 학문도 본격적으로 달려들기로 했다. 몇 달 동안의 구상을 거쳐 글을 쓰기 시작했고, 꼬박 2년 동안의 갖은 노력 끝에 마침내 초고를 완성했다.

2004년 4월, 그 원고는 베이징 경제일보출판사 편집자의 눈에 띄었고, 두 달 후 '중국 첫 핵복사 피해자의 고백'이라는 부제를 단 자전소설 『생사고리』가 출간되었다.

저자 기증본을 받은 송학문은 첫 번째 책에, '생명의 수호천사, 미더운 내 연인에게 이 책을 바치노라' 라고 정성껏 사인하여 양광에게 선물했다.

타인을 자기 자신처럼 존경할 수 있고, 자기가 하고 싶다고 생각하는 것을 타인에게 할 수 있다면, 그 사람은 참된 사랑을 알고 있는 사람이다. 그리고 세상에는 그 이상 가는 사람은 없다.

•• 요한 볼프강 폰 괴테

못 자국 사랑

미국의 제34대 대통령 아이젠하워의 어렸을 적 이야기다.

소년 아이젠하워는 악동이었다. 장난도 심했을 뿐 아니라 남을 괴롭히는 일에도 둘째라면 서러울 지경이었다. 아버지가 늘 타이르며 훈계했지만 조금도 달라지지 않았다.

어느 날 아버지는 어린 아이젠하워를 불러 놓고 충고했다.

"내 말 잘 들어라. 지금부터 네가 나쁜 짓을 한 가지씩 할 때마다 나는 우리 집 기둥에다 큰 못을 하나씩 박겠다."

기둥에 박힌 못을 보며 자기 잘못을 뉘우치게 하려는 생각에서였다.

몇 해가 흐르자 집안 기둥에는 수백 개의 못이 보기 흉하게 박혀 있었고, 이에 조금 철이 든 아이젠하워는 비로소 부끄러운 생각이 들었다.

"아버지, 제가 그동안 너무 많은 잘못을 저질렀어요. 이제부터는 절대 나쁜 짓을 하지 않겠습니다."

진심으로 뉘우치는 아들을 격려하며 아버지가 말했다.

"그래, 고맙구나. 그렇다면 앞으로는 네가 착한 일을 한 가지씩 할 때마다 저 기둥의 못을 하나씩 뽑아 주마."

아버지는 이번에도 약속을 그대로 지켰고, 아이젠하워도 자기 말에 책임을 느끼면서 한 가지씩 착한 일을 해 나갔다.

기둥에 박힌 못이 하나씩 뽑혀 나가면서 날이 갈수록 기둥은 깨끗해져 갔다.

기둥에 박혔던 마지막 못 하나가 마저 뽑히던 날 아이젠하워는 너무나 기뻤다. 그동안 마음을 억누르던 큰 바위를 내려놓은 듯했다. 그런 아이젠하워를 그의 아버지도 진심으로 격려해 주었다.

"장하다, 너는 앞으로 더 많은 착한 일을 하는 훌륭한 사람이 될 것이다."

아버지의 칭찬에 아이젠하워는 밝게 웃었다. 그러나 잠시 후 천천히 그 기둥을 돌아보던 소년은 가슴 아픈 시선으로 그 못 자국들을 바라보아야 했다.

과오에 대한 솔직한 시인은 서로를 자각하게끔 만든다. 과오는 사람들을 결합시키는 힘이 된다. 진실은 행동에 의해서만 사람들에게 전해진다. 자기 과오를 인정하는것처럼 마음이 가벼워지는 일은 없다. 그에 비해 자기가 옳다는 것을 인정받으려고 안달하는 것처럼 마음 무거운 일도 없다. 과오를 솔직히 시인하고 가벼운 마음으로 새날을 개척해 나가자.

•• 샤토브리앙

아니마밈의 노래

2차 세계 대전 이후 유대인들은 유월절이 되면 꼭 아니마밈의 노래를 부른다.

노래 제목인 '아니마밈'은 히브리어로 '나는 믿는다'라는 뜻으로, 이 노래는 본래 혹독한 아우슈비츠 수용소에서 작사, 작곡된 노래였다.

"나는 믿는다. 나의 메시아가 나를 돕기 위해서 반드시 나를 찾아오리라는 사실을……"

하지만 그들은 자기의 동료들이 비참하게 가스실로 끌려 나가는 모습을 보면서 그 다음 절을 이렇게 슬프게 불렀다.

"그런데 때때로 메시아는 너무 늦게 오신다."

그러나 그 수용소 안에 있던 외과 의사 출신의 젊은 유대인은 그 노래 부르기를 거절했다. 왜냐하면 그의 마음속에는 하느님에 대한 믿음이 있었기 때문이다.

"내가 하늘에 올라갈지라도 거기 계시며, 그늘진 곳에 자리를 펼지라도 거기 계시나이다. 내가 새벽 날개를 치며 바다 끝에 가서 거할지라도 거기서 주의 손이 나를 인도하시며, 주의 오른손이 나를 붙드시리다."

다윗의 고백이 청년의 믿음이었던 것이다.

그는 자신의 삶에 대한 하느님의 뜻이 있기에 절대 죽지 않는다는 확신이 있었다. 그래서 수용소에 갇혀 있다가 언제 가스실로 불려 갈지 모르는 상황에서도 추한 모습을 보이지 않으려고 몸가짐을 정갈하게 했다. 다른 동료들이 체념하고 깊이 잠든 한밤중에도 홀로 일어나 유리 파편 조각을 날카롭게 갈아서 피가 날 정도로 면도를 했다.

날이 밝고 이튿날 아침이 되면 죽음의 사자인 나치 병사들이 그들의 방을 찾아왔다. 그런데 병사들은 수염 하나 없는 창백한 청년을 보고는 차마 그를 가스실로 끌고 가지 못하고 매번 다른 사람을 데리고 갔다. 깨끗한 청년의 모습에서 엿보이는 삶의 의지가 너무 강렬했기 때문이다.

얼마 지나지 않아 전쟁이 끝났고, 그 청년은 소수의 생존자들 중 한 사람이 되어 풀려났다. 청년은 자신을 향해 활짝 열려 있는 수용소의 문을 빠져 나오면서 아니마밈의 노래를 이렇게 고쳐 불렀다.

“나는 믿는다. 나의 메시아가 나를 돕기 위해 반드시 나를 찾아오리라는 사실을. 그런데 사람들은 너무 서두른다. 사람들은 너무 서둘러서 믿음을 포기한다.”

그 후 세상에 그의 일기가 공개되었는데, 그 속에는 이런 글귀가 씌어 있었다.

“고통 속에서 죽음을 택하는 것은 가장 쉽고 나태한 방법이다. 죽음은 그렇게 서두를 것이 못 된다. 죽음 앞에서 살아 보려는 부활에의 의지, 이것이 새로운 창조다.”

사람이 사람다울 수 있는 힘은 그의 의지에 있는 것이지 재능이나 이해력에 있는 것이 아니다. 아무리 재능이 많고 이해력이 풍부하더라도 실천력이 없으면 아무 일도 할 수 없기 때문이다. 의지가 운명을 만든다.

•• 랄프 왈도 에머슨

마음의 성전

 예배당을 건축할 때의 일이다. 먹고살기도 힘든 시절에 십시일반으로 돈을 모아서 교회를 짓는데, 그 형편이 말이 아니었다. 벽 한쪽을 올리면 금세 돈이 바닥나고, 그래서 헌금을 모으면 또 바닥나고…… 나중에는 손 벌릴 데도 변변치 않았다. 미국에서 거액의 헌금이 답지한 것은 바로 그때였다.

회당 건립을 중단해야 할지 계속해야 할지를 두고 장로와 신도들이 모여서 논의하고 있을 때 집사 한 명이 뛰어오며 소리쳤다.

"목사님, 됐습니다. 미국에서, 그것도 수십만 달러의 거금이 들어왔습니다!"

"오, 하느님!"

침울했던 분위기는 금세 축제 분위기로 바뀌었다. 목사와 신자들은 다같이 주님의 은총에 감사하며 환호성을 질렀다.

그 날부터 교회 건축은 일사천리로 진행되었다. 지지부진했던 공사는 빠르게 진척되었고, 예상보다 훨씬 근사한 예배당이 점차 모습을 갖춰 나가기 시작했다. 전등도 더 크고 밝아졌고, 페인트만 칠하려고 했던 시멘트벽도 따스한 벽지와 넉넉한 천으로 꾸며졌다.

사람들은 거액을 헌금한 그 익명의 미국인을 두고 이야기꽃을 피웠다. 분명 그 돈은 어떤 독지가가 재산의 일부를 떼어 헌금했을 것이라고 입을 모았다. 신실한 사람이 아니더라도 사회봉사 차원에서 돈을 보냈을 것이라는 말도 떠돌았다. 목사와 신자들은 그 이름 모를 독지가를 위해 잠깐 기도를 했다.

시간이 지나면서 교회는 아름다운 모습으로 완성되어 갔고, 사람들의 마음도 붕 떠올랐다. 그 미국인이 보내온 거액의 헌금은 남김없이 쓰였고, 예배당에는 과하다 싶을 정도로 값비싼 자재가 넘쳐났다. 그래서 교회 건립 축하 예배를 하던 날엔 아예 축제 판이 벌어져 사람들이 덩실덩실 춤까지 추었다. 예배를 주도하는 목사의 목소리에는 힘이 실렸다.

"이 모든 것이 우리가 모셔야 할 하느님의 은총입니다."

그런데 그 날 오후 목사의 방을 방문한 장로의 낯빛이 무척 어두웠다. 축하 예배를 성황리에 마친 뒤여서 마음에 걸린 목사가 물었다.

“무슨 일이 있으십니까? 얼굴이 좋지 않습니다.”

장로가 한참 뜸을 들이더니 입을 열었다.

“그 돈, 우리에게 보낸 그 거액의 출처를 알았습니다.”

“그게 정말입니까?”

목사는 드디어 독지가를 찾았구나, 하고 기뻐했지만 한편으로는 장로의 어두운 낯빛을 보며 두려움을 느꼈다. 혹시 잘못 헌금된 것은 아닌지, 부정한 돈은 아닌지…….

망설이던 장로가 이윽고 입을 열었다.

“그 돈은 그냥 사업가가 보낸 것이 아니었습니다. 어느 작은 교회의 한 성도가 보낸 것입니다.”

장로가 들려준 것은 미국의 어느 가난한 성도에 대한 이야기였다.

자신의 이름조차 밝히기를 꺼려했던 그는 평생 하느님을 믿으면서도 가난 때문에 늘 교회에 빚진 마음으로 살아온 진실된 성도였다. 그러던 중 우연히 한국의 어느 교회가 돈이 없어 성전 건축을 중단하게 되었다는 소식을 들었고, 그는 몇 날 며칠을 고민했다. 모은 돈이라고 해봐야 겨우 입에 풀칠할 정도고, 먼 이국땅이어서 직접 팔을 걷고 달려들 처지도 아니었기에 어떻게든 봉헌하고 싶었던 그가 내린 결론은 바로 자신의 몸의 일부로 대신하는 것이었다.

장로가 울먹이며 말을 이었다.

"그 분께서는…… 자신의 한쪽 눈을 팔았답니다. 그걸 팔아서 우리 교회에 보낸 겁니다. 하느님의 집을 지으라고 말입니다……. 그 귀한 돈을 우리는 전등을 바꾸고 비싼 커튼으로 벽을 치장하는 데 다 써 버렸습니다."

두 사람은 한동안 아무 말도 할 수 없었다.

어느덧 눈시울이 뜨거워진 목사가 무겁게 입을 열었다.

"참으로 부끄러운 일이군요. 우리는 모든 걸 너무 가볍게 여겼습니다. 하느님의 큰 은혜도, 성도의 뜨거운 열망도 말입니다. 우리가 지어야 할 것은 교회 건물이 아니라 바로 우리 마음의 성전이었습니다."

목사와 장로는 평생토록 이 일을 잊지 않겠노라 다짐했다.

우리는 혼자서는 아무 것도 할 수 없다. 그러나 함께라면 우리의 마음들은 서로 합쳐져 따로 분리된 부분들을 훨씬 능가하는 힘을 가진 어떤 것이 된다. 따로 분리되어 있지 않음으로 해서 '신의 마음'이 우리의 내부에서 우리의 것으로 확립된다. 이 마음은 나누어지지 않기에 불굴의 것이다.

그들의 친구

 교도소의 새로운 소장으로 루이스 로웨스가 부임했다.

그 시절 싱싱 교도소만큼 악명 높은 곳도 드물었다. '죽음의 집'이라 불릴 만큼 온갖 흉악범들이 그곳에 모여 있었고, 관내 폭행사건과 탈주극 등이 끊이지 않고 벌어졌다. 그러나 20년 후 로웨스가 교도소장 직을 물러날 무렵에는 크게 달라져 있었다.

싱싱 교도소의 관리 체제를 연구한 사람들은 그 중대한 변화가 모두 로웨스 소장 덕분이라고 칭찬했다. 하지만 로웨스 본인은 그런 변화에 대해 질문받을 때마다 한사코 자신의 공을 뿌리쳤다.

"모든 것은 아름다운 제 아내 캐서린 덕분입니다. 그녀는 지금 교도소 담 밖에 묻혀 있지요."

로웨스가 교도소장이 되었을 때 그의 부인 캐서린 로웨스는
세 명의 어린 자녀를 키우는 젊은 주부였다. 주위 사람들은 그
런 그녀에게 아이들 교육 문제 때문이라도 교도소 안 출입은 자
제하라고 충고했다. 그러나 캐서린은 전혀 개의치 않았다.

그녀가 처음으로 교도소 안에 들어간 것은 재소자 끼리 농구
시합을 하던 날이었다. 세 명의 귀여운 아이들을 데리고 체육관
을 찾은 그녀는 재소자들과 함께 스탠드에 앉았다.

그녀의 생각은 이런 것이었다.

'남편과 나는 이 사람들을 보살펴 줄 것이고, 따라서 이들도
우리를 보살펴 줄 거야. 그러니 조금도 걱정할 필요가 없어.'

그녀는 재소자들과 서로 얼굴을 익혔으며, 그들의 신상명세
서를 읽었다. 한번은 살인죄로 수감된 한 재소자가 맹인이라는
사실을 알고 그를 찾아갔다.

"브라유 점자(프랑스의 루이 브라유가 고안한 점자)를 읽을 줄 알아
요?"

그 재소자가 물었다.

"브라유 점자, 그게 뭔데요?"

그 날 이후로 그녀는 그 재소자에게 점자책 읽는 법을 가르쳤
다. 그리하여 훗날 그 재소자는 자신을 변화시켜 준 그녀에게
진심으로 감사의 눈물을 흘렸다. 이 비슷한 일은 캐서린에게 수
도 없이 많았다. 귀머거리 재소자를 발견하면 그를 위해 수화를

배우러 다닐 정도였다.

그런 그녀가 안타깝게도 교통사고로 갑작스럽게 세상을 뜨고 말았다. 그녀가 죽은 이튿날 아침, 교도소 소장은 결근했고 다른 간수가 그의 임무를 대신했다. 그녀의 사망 소식이 금방 교도소 전체에 전해졌다.

그녀의 시신은 교도소에서 1킬로미터쯤 떨어진 교도소장 사택으로 옮겨졌는데, 소장을 대신한 고참 간수가 이른 아침 산책을 하다가 놀라운 광경을 목격했다. 난폭하고 험상궂기로 악명 높은 죄수들이 한 사람도 빠짐없이 교도소 정문에 모여 있었던 것이다. 그들은 조문을 원했다.

그들 곁으로 다가간 임시 교도소장은 그들의 눈에 서린 슬픔과 애도의 눈물을 확인할 수 있었다. 그들은 진심으로 캐서린 로웨스를 좋아했던 것이다.

임시 교도소장이 그들을 둘러보며 말했다.

"좋소, 여러분! 가도 좋소. 하지만 오늘밤 안으로는 모두 돌아와야 하오!"

그런 다음 묵직한 교도소 정문을 열어 주었다. 간수도 없이, 죄수들이 조용히 행렬을 이루어 1킬로미터의 거리를 걸어가기 시작했다. 자신들의 친구 캐서린 로웨스에게 마지막 작별 인사를 하기 위해서. 그리고 그 날 저녁 모두가 교도소로 걸어 돌아왔다. 단 한 사람도 빠짐없이…….

한 사람의 진실한 친구는 천 명의 적이 우리를 불행하게 만드는 그 힘 이
상으로 우리를 행복하게 만든다.

•• 에셴바흐

진짜 주인

정글 지역에서 선교 활동을
하던 목사가 있었다.

정글에서 주님을 위해 헌신하던 그에게는 인간적인 소원이
한 가지 있었다. 그것은 다름 아니라 파인애플을 실컷 먹었으면
하는 것이었다.

그래서 원주민들과 함께 파인애플 나무를 심었는데, 시간이
흘러 파인애플을 수확할 수 있게 되었을 때 가 보니 열매가 하
나도 보이지가 않았다. 파인애플이 익기가 무섭게 원주민들이
모두 따 갔던 것이다.

너무나 황당해서 목사가 그들에게 물었다.

"형제들이여, 내가 필요해서 나무를 심었는데 어떻게 말도 없
이 열매를 모두 따 갈 수 있소?"

그러자 원주인 중 한 사람이 대답했다.

"목사님, 당연히 우리가 심었으니까 그 파인애플은 우리의 소유입니다. 왜냐하면 정글의 법칙은 심은 사람이 주인이기 때문이지요."

그래서 목사가 다시 말했다.

"그렇다면 다시 나무를 심되, 심는 대가를 주겠소. 그러니 열매를 반반씩 나누어 갖기로 합시다."

원주민들도 그러겠노라고 약속했다.

그 후 추수 때가 되어 가 보니 또 열매가 하나도 없었다. 화가 난 목사는 원주민들에게 그들을 위해 운영 중인 간이병원의 문을 닫겠노라고 위협하기도 하고, 파인애플 밭 주변에 개를 풀어 놓아 경비를 서게 하기도 했다. 그러나 그렇게 해도 문제는 해결되지 않았다. 목사는 애간장이 탔다.

그러던 어느 날 성경을 읽는 가운데 하느님의 음성을 듣게 되었다.

"파인애플이 누구의 것이냐? 네 것이냐?"

목사는 자기가 인간적으로 욕심을 부리다가 신성한 주인이 누구인지를 망각했다는 사실을 깨달았다. 그 후에도 원주민들이 열매를 모두 따 갔지만 목사는 화를 내지 않았다.

이를 이상하게 생각한 원주민들이 목사를 찾아와 물었다.

"목사님, 왜 요즘에는 화를 내지 않으십니까?"

목사가 대답했다.

"지금껏 나는 그 나무가 내 것이라고 생각해서 화가 났었습니다. 그러나 그것은 잘못된 생각이었습니다. 왜냐하면 하느님께서 진짜 주인이기 때문입니다. 나는 그 사실을 망각하고 있었습니다."

그 후에도 더러 파인애플을 훔쳐 가는 원주민들이 있었지만, 이상하게도 훔쳐 간 사람들의 아이가 병이 난다든가 하면 자기들끼리 이렇게 말하곤 했다.

"우리가 하느님의 것을 훔쳐서 아이가 아픈 것이 아닐까……?"

이렇게 되나 보니 점점 도둑질은 사라졌고, 목사도 자기가 심은 파인애플을 나누어 먹을 수 있게 되었고 더욱이 진정한 그리스도의 사랑을 나누며 살 수 있게 되었다.

종교는 개똥벌레와 같은 것으로서, 반짝이기 위해서는 어둠을 필요로 한다.
•• 아르투르 쇼펜하우어

거미와 물방울

거미 한 마리가 있었다. 그 거미에게는 친구가 전혀 없었다. 누가 보더라도 징그럽게 생겼기 때문에 외롭게도 늘 혼자였다.

그러던 어느 날 그 거미에게 손님이 찾아왔다.

그런데 그 손님의 눈에 거미가 너무도 예쁘게만 보였다. 그래서 첫눈에 반하고 말았다.

이제 손님은 거미집 한가운데 조심스럽게 앉았다. 그 손님은 다름 아닌 투명한 물방울이었다.

물방울을 발견한 거미가 살금살금 다가가 말을 걸었다.

"넌 이름이 뭐니?"

"응, 난 물방울이야."

물방울의 음성은 맑고 영롱했다.

거미가 다시 물었다.

"넌 어디서 왔니?"

"난 네가 볼 순 없지만 볼 수 있고, 느낄 순 있지만 느낄 수 없는 곳에서 왔지."

거미가 고개를 갸웃거리며 말했다.

"무슨 말인지 통 모르겠는걸. 좀 쉽게 설명해 줄 수 없니?"

"언젠간 너도 알게 될 거야. 사실은 나도 뭐라고 표현해야 할지 모르겠어. 자칫 말로 잘못 표현하면 거짓이 되거든."

거미는 물방울의 말을 도무지 이해할 수 없었다. 하지만 너무도 외로웠던 거미는 물방울의 방문이 그렇게 고마울 수가 없었다.

거미가 말했다.

"물방울아, 저기…… 부탁이 하나 있는데……."

"말해 봐, 거미야! 뭔데?"

"너 내 친구가 되어 줄 수 없겠니?"

"친구? 그래, 네 친구가 되어 줄게. 대신 너도 한 가지 약속을 해야 해."

"뭔데? 네가 내 친구가 되어 준다면 무슨 약속이든 들어줄 수 있어."

거미는 신이 나서 말했다.

"뭐냐 하면…… 넌 절대로 날 안거나 만져서는 안 돼. 알았지?"

"좋아! 네가 내 친구가 되어 준다니 난 너무 행복해!"

거미는 정말 뛸 듯이 좋아했다.

거미와 물방울은 시간이 흐를수록 점점 가까워졌다. 그래서 이제 거미는 물방울 없는 생활은 상상할 수 없을 정도로 행복한 나날을 보내게 되었다.

그런데 어느 날부터 갑자기 사랑스런 물방울이 만지고 싶어졌다. 물방울과 한 약속이 있어 참고 참았지만 날이 갈수록 만지고 싶은 욕망은 점점 커져만 갔다.

참다못한 거미가 하루는 용기를 내서 말했다.

"있잖아, 물방울아……."

"응, 말해 봐, 거미야."

"……너 한 번만 만져 보면 안 되겠니?"

물방울이 몹시 당황해하며 말했다.

"그건 안 돼, 절대로! 내가 너의 부탁을 들어줬듯이 너도 약속을 지켜 줘!"

물방울이 매우 단호하게 말하자 거미는 그냥 물러섰다.

하지만 시간이 흐르면 흐를수록 거미는 물방울을 더욱 만져 보고 싶어졌다.

거미가 다시 물방울에게 애원했다.

"나 딱 한 번만 만져 볼게, 응?"

“……”

물방울은 거미의 애처로운 얼굴을 말없이 응시했다.

이윽고 한참이 지난 다음 물방울이 말했다.

“거미야, 넌 정말 날 사랑하니?”

“그럼! 그걸 말이라고 하니?”

물방울이 차분한 목소리로 말했다.

“진정으로 날 사랑한다면 나와 한 약속을 지켜 줘.”

“……”

거미는 더 이상 할 말을 잃고 고개를 떨군 채 돌아서야만 했다.

물방울의 마음을 헤아리지 못하는 건 아니었지만, 자신의 마음을 그토록 몰라주는 물방울이 한없이 야속하기만 했다. 그래서 매우 시무룩해졌다.

거미가 몇 날 며칠 동안 실의에 빠져 있자 한번은 물방울이 불렀다.

“거미야, 넌 날 사랑하지?”

“그럼, 사랑하고 말고…….”

“……만약에 말이야…… 만약 내가 너의 곁을 떠나간다 해도 날 잊지 않을 거지?”

거미가 화들짝 놀랐다.

“왜 갑자기 그런 말을 해? 만약 네가 떠나간다면 난 웃는 법을 영영 잃어버릴지도 몰라. 아마도 평생을 널 그리워하며 지내게 될 테지.”

물방울이 말했다.

“거미야, 난 널 떠나가도 늘 너의 곁에 있을 거야. 난 정말로 널 사랑한단다. 그러니 너도 날 잊지 말아 줘.”

“물론이지! 내가 어떻게 널 잊을 수 있겠니?”

“좋아, 그럼 날 만져도 좋아!”

물방울은 두 눈을 살며시 감고 자기 몸을 거미 앞으로 내밀었다.

거미는 너무도 기뻤다. 얼굴에 함박웃음을 머금고 힘껏 물방울을 끌어안았다.

그런데……! 이게 어찌 된 일인가?

한순간에, 정말로 눈 깜짝할 사이에 물방울은 눈앞에서 사라져 버렸다. 거미는 물방울을 만지는 건 둘째치고 흔적조차 찾을 수가 없었다.

거미는 뒤늦게 약속을 지키지 못한 자기 자신을 후회하며 돌아와 달라고 소리 높여 애원했지만 물방울은 끝내 다시 돌아올 수가 없었다.

욕망의 절반이 이루어지면 고통은 두 배가 될 것이다.

헌금

서양의 교회에서는 헌금 접시를 돌릴 때, 만약 가진 돈이 큰돈밖에 없을 때는 헌금 접시에 큰돈을 놓고 잔돈을 거슬러 갈 수 있게끔 되어 있다. 헌금은 자기 형편대로, 또 하고 싶은 만큼 하는 것이지 결코 흉이 될 수 없기 때문이다.

프랑스 파리의 한 교회에서 선교사를 보내기 위한 헌금을 하는 중이었다.

헌금 접시가 어떤 사람 앞에 멈추었는데, 하필 그는 눈이 멀어 앞을 볼 수 없는 사람으로, 처지가 궁핍하여 단돈 1프랑도 헌금을 할 수 없는 사람이었다. 그런데 그런 사람이 29프랑의 돈을 세어서 접시에 놓는 것이었다.

그를 아는 옆 사람이 깜짝 놀라며 물었다.

"아니, 당신이 어떻게 그 많은 돈을?"

눈먼 사람이 웃으며 대답했다.

"저는 눈이 안 보이지요. 그런데 제 친구에게 물어 보니 저녁마다 불을 켜는 비용이 1년에 29프랑이 든다고 하더군요. 나는 불을 켤 필요가 없으니 1년이면 이만큼의 돈을 저축할 수 있겠구나 생각하고 모은 거죠."

그 맹인은 자기는 앞을 못 보지만 예수님을 만나 다시 눈을 뜨게 되었다고 생각했다. 그래서 예수님을 몰라 아직도 어두운 곳에 있는 사람들에게 한 줄기 빛이라도 비치게 하고 싶었노라고.

우리 개개인은 의식적으로든 무의식적으로든 모두 이런저런 봉사를 한다. 만일 의도적으로 봉사활동을 하는 습관을 들이면, 봉사하고자 하는 욕구가 점차 강해져 자신이 행복해지는 것은 물론이고 세상 전체를 행복하게 만들 것이다

•• 마하트마 간디

예수님의 선택

예수님이 어느 마을에 들어갔을 때 사람들이 매우 슬픈 표정으로 주저앉아 있었다. 일찍이 그토록 괴로워하는 인간의 모습을 본 적이 없었던 예수님이 그들에게 다가가 물었다.

"마을에 무슨 재앙이라도 덮쳤나요?"

그들 중 한 사람이 말했다.

"우린 지옥이 무서워서 떨고 있습니다. 우린 정말 어떻게 이 지옥을 빠져나가야 할지 모르겠습니다. 그것이 우리의 두려움이요 끝없는 괴로움입니다. 그 어떤 방법을 찾아내기 전까지는 단 한숨도 편히 잘 수가 없습니다."

예수님은 아무런 말도 없이 그들을 지나쳐 버렸다.

조금 더 앞으로 나가자 이번에는 어떤 나무 밑에 더욱 슬프고 괴로운 표정으로 앉아 있는 사람들이 보였다.

"무슨 일입니까? 대체 무슨 일이기에 그토록 괴로워하고 있습니까?"

그들 중 한 사람이 말했다.

"아무 일도요, 아무 일도……."

"?"

"다만 우리는 천국을 놓칠까 봐 두려워하고 있는 겁니다. 대체 우리가 어떻게 해야 천국에 들어갈 수 있는지 그 방법을 전혀 모르겠습니다. 하지만 우린 그 어떤 대가를 치르더라도 반드시 천국에 들어가야 합니다. 이것이 우릴 괴롭히는 가장 큰 중압감이지요."

말을 듣고 난 예수님은 그들 역시 지나쳐 버렸다.

얼마쯤 가다가 커다란 정원 근처에 몇몇 사람이 모여 있는 것을 발견했다. 그들은 하나같이 노래하고 춤추며 흥겨운 시간을 보내고 있었다.

예수님이 그들에게 물었다.

"무슨 일이 있습니까? 경사가 난 모양이죠?"

그들이 말했다.

"특별한 경사는 없습니다. 다만 우리는 신께 감사드릴 따름이지요. 신께서는 자격도 없는 우리에게 많은 축복을 내리셨습니다."

예수님의 얼굴이 비로소 환해졌다.

　"이제부터 난 그대들과 함께 머물 것이오. 그대들이야말로 진
정한 나의 사람들이오."

　　두려움에 떠는 사람도, 탐욕에 허우적거리는 사람도 천국에 들어갈 수
없다. 오직 넘치는 즐거움과 감사함으로 지금을 사는 이들만이 그곳에 다다른다.

두 번째 신발은?

어떤 세일즈맨이 한 호텔에 들어서는데 그곳 지배인이 매우 난처한 표정을 지으며 말했다.

"빈 방이 있긴 하지만 손님께 내드리기가 곤란합니다. 죄송합니다."

세일즈맨이 물었다.

"아니, 무슨 이유요? 방이 있는데도 줄 수가 없다니?"

지배인이 말했다.

"실은 지금 저희 호텔에 장관 한 분이 와 계십니다. 이층에 빈 방이 하나 있긴 하지만 그 방 아래 층에 그 분이 묵고 계시고, 그 분은 조그만 소리에도 화를 내실 겁니다. 만약 손님이 그 방에서 걷거나 혹은 어떤 소리를 낸다면 시끄럽다고 난리법석을 떨지 않겠어요? 그러니 다른 호텔을 찾으시는 게……."

“그렇지만…….”

세일즈맨은 물러서지 않았다.

“여태껏 돌아보았지만 다른 호텔도 빈 방이 없습디다. 사정은 알겠지만 편의를 봐주시오. 내 약속하리다. 전혀 소리를 내지 않겠소.”

“……!”

“나는 직업상 온종일 밖으로만 돌아다니는 사람이오. 밤에 돌아와 잠만 잘 거요. 그리고 하룻밤만 자고 곧장 떠날 것이오. 그러니 내게 방을 내주시오.”

세일즈맨은 그렇게 지배인을 설득한 끝에 간신히 그 빈 방을 얻었다.

약속대로 세일즈맨은 아주 늦은 한밤중에 지친 몸으로 호텔에 돌아왔다.

호텔 방에 들어선 그는 의자에 앉아서 한쪽 신발을 벗는데, 그만 신발을 마룻바닥에 떨어뜨렸다. 그때 갑자기 지배인 말이 떠올랐고, 아래 층에 묵고 있는 장관에게 방해가 되었을지 모른다는 생각이 들었다. 그래서 그는 아주 조심스럽게 나머지 한쪽 신발을 조심스럽게 벗어서 조용히 내려놓았다. 그리고 곧장 침대로 가 잠이 들었다.

그로부터 한 시간쯤 지났을까? 갑자기 방문을 두드리는 소리가 났다.

선잠에서 깬 세일즈맨이 간신히 몸을 일으켜 방문을 열자 거기에는 얼굴이 붉게 상기된 장관이 서 있었다.

"제가…… 무슨 잘못이라도 저질렀나요? 전 분명 조금 전까지 잠들어 있었는데…… 혹시 제가 잠결에 무슨 소리라도 냈는지…… 충분히 주의를 했는데도 제가 장관님을 방해했군요. 정말 죄송합니다."

그러자 장관이 이렇게 말했다.

"그게 아니오. 도대체 한쪽 신발은 어떻게 된 거요?"

"한쪽 신발이라뇨?"

"나는 한 시간 동안이나 잠을 이루지 못했소. 한 시간 전 신발이 떨어지는 소리를 들으면서 '어, 이 친구가 돌아왔구나' 생각하고는 곧 두 번째 소리를 기다렸소. 그런데 아무리 기다려도 다음 소리가 들리지 않는 거요. 궁금해서 도저히 참을 수가 있어야지. 도대체 두 번째 신발은 어찌 된 거요?"

"?……!"

호기심은 힘센 지성의 가장 영구적인 특성 가운데 하나다.

혹독한 규율

트라피스트는 1098년 프랑스 시토에서 출범한 가톨릭 관상(觀想) 수도회로, 공식 명칭은 '엄률(嚴律)시토회'다. 트라피스트 수도승들은 도저히 상상할 수 없을 정도의 엄격한 규율 속에서 생활하는 것으로 유명하다.

한 남자가 수도승이 되기 위해 세계에서 가장 유명한 트라피스트 수도원에 들어갔다. 수도원장이 그에게 말했다.

"우리의 규율은 이렇습니다. 7년 동안 단 한마디의 말도 해서는 안 됩니다. 그러나 7년이 지나면 필요한 한마디의 말을 할 수 있습니다. 그 후 다시 7년 동안 침묵을 지켜야 합니다."

남자는 규율을 지키겠노라 맹세하고 수도승의 계를 받고 자기 방으로 안내되었다.

방 안으로 들어간 남자는 창문의 유리창이 깨져 있는 것을 발견했다. 하지만 말을 해서는 안 되었다. 그래서 7년 동안 그는 온갖 추위와 비바람에 시달리면서 생활해야 했다.

7년을 기다린 끝에, 그가 수도원장을 찾아가 말했다.

"제 방의 유리창이 깨졌습니다."

수도원장이 말했다.

"알겠소. 다시 돌아가서 7년 동안 침묵을 지키도록 하시오. 유리창은 우리가 수리해 주겠소."

유리창은 수리되었다. 그러나 7년 동안의 끊임없는 비바람과 눈보라에 의해 매트리스가 완전히 낡아 있었다. 남자는 문득 자기가 매트리스에 대해 언급하는 것을 잊었다는 사실을 깨달았다. 그러나 때는 이미 늦었다.

'오, 하느님! 다시 7년을 기다려야 하다니……!'

바퀴벌레와 온갖 종류의 벌레들이 매트리스 밑에 들끓었다. 그는 매일 밤 벌레들에게 시달리면서 다시 7년을 보냈고, 이윽고 수도원장을 찾아가 말했다.

"유리창은 괜찮지만, 매트리스가 완전히 썩었습니다."

수도원장이 말했나.

"방으로 돌아가시오. 그러면 새 매트리스가 도착할 것이오."

사람들이 와서 낡은 매트리스를 치우고 방을 깨끗이 청소했다. 그런데 새 매트리스가 너무 커서 방 안으로 잘 들어가지 않았다. 그래서 인부들이 억지로 방 안에 밀어 넣다가 그만 유리창을 박살내 버렸다. 그래서 또다시 똑같은 상황이 되풀이되었다.

14년이 흘렀지만 다시 원점으로, 그가 첫날 이 방에 들어왔을 때와 똑같은 상황이 되어 버린 것이었다. 그는 이제 또다시 7년을 기다려야 했다. 또다시 비바람이 몰아치고, 그러는 사이 그는 늙고 병들었으며, 고열에 시달렸다. 하지만 그는 서약을 했기 때문에 말을 할 수 없었다.

7년 후 그가 다시 수도원장을 찾아가서, 유리창을 수리해 달라고 부탁하자 수도원장이 말했다.

"도대체 당신은 어떻게 된 사람이 21년 동안 불평만 늘어놓는단 말이오? 불평, 불평, 끊임없이 불평만 늘어놓는 당신 같은 사람은 이 수도원에 머물 수 없소. 당장 나가시오!"

남자는 결국 그렇게 늙고 병들고 지친 몸이 되어 그곳에서 쫓겨났다. 21년 동안의 끝없는 고문 끝에.

스스로 다짐한 어떤 결심이나 규율 때문에 지나칠 정도로 스스로를 학대하고 있지는 않는가? 우리는 살기 위해 이 세상에 온 것이지, 죽기 위해 온 것이 아니다. 우리에겐 내 몸을 아끼고 사랑하며, 오늘을 행복하게 살 권리가 있다.

아기 뱀

 아기 뱀이 있었다.

그런데 이 아기 뱀은 좀 이상한 뱀이었다. 다른 뱀들과 달리 개구리를 전혀 먹지 않았다!

"넌 왜 개구리를 안 먹니?"

엄마 뱀의 물음에 아기 뱀이 말했다.

"불쌍해서요. 내 친구거든요."

아기 뱀은 여러 개구리들과 친구로 지냈고 숲 속의 늘쥐하고도 잘 놀았다. 설득하던 엄마 뱀도 결국 아기 뱀을 포기하기에 이르렀다.

"네 맘대로 해라. 대신 먹을 건 없는 줄 알아라."

하지만 아기 뱀은 개의치 않았다. 아기 뱀의 머릿속에는 단 한 가지 의문으로 가득 찼다.

"왜 우린 서로를 잡아먹지 않으면 안 되는 걸까……?"

급기야 엄마 뱀으로부터 쫓겨 난 아기 뱀은 숲 속의 작은 바위 위에 앉아 이런저런 생각을 했다. 며칠째 아무것도 먹지 못한 상태였다. 배가 몹시 고팠지만 차마 착한 친구들을 잡아먹을 순 없었다.

아기 뱀은 혼자 생각했다.

'자꾸 움직이면 점점 배가 고파질 거야. 그러니 그냥 가만히 있다가 정 배가 고프면 내 꼬리를 조금씩 뜯어먹자…….'

바위 위에서 조금씩 조금씩 자기 살을 뜯어먹으면서도 아기 뱀은 친구들을 해칠 생각은 조금도 하지 않았다. 그리고 마침내 는 작고 귀여운 아기 뱀의 영혼이 영원한 평화의 나라, 하늘나라로 올라갔다.

언젠가는 전쟁도 없어질 것이고 군대도 없어질 것이다. 하지만 그것이 지도자들에 의해 없어지지는 않는다. 그들은 오히려 전쟁을 함으로써 많은 이익을 얻는 사람들이다. 고통을 주는 전쟁과 군대야말로 가장 못되고 사악한 것이라고 완전히 이해하는 순간 전쟁은 없어지는 것이다.

•• 레프 니콜라예비치 톨스토이

민들레

옛날에 생명을 사랑하고 귀히 여기는 왕이 있었다.

그 왕이 머무는 궁궐에는 커다란 화단과 정원이 꾸며져 있었고, 그곳에는 잘 가꾸어진 온갖 꽃과 나무들로 가득 차 있었다.

그런데 하루는 늙은 정원사가 달려와서 수심 어린 목소리로 이렇게 말하는 것이었다.

"폐하, 큰일났습니다. 지금 정원의 꽃들이 모두 죽어 가고 있습니다."

"아니, 뭐라고?"

"아뢰옵기 황송하오나, 사실입니다. 정원의 꽃과 나무들이 이유도 없이 점점 말라 가고 있습니다……."

깜짝 놀란 왕은 그 즉시 정원으로 달려갔다.

왕이 넝쿨을 축 늘어뜨린 포도나무에게 물었다.

"포도나무야, 왜 그러느냐? 대체 왜 죽으려고 하느냐?"

포도나무가 힘없는 목소리로 말했다.

"폐하, 전 없어도 괜찮은 존재입니다. 저는 열매를 맺긴 합니다만 사과나 배나 오렌지에 견줄 수 없습니다. 게다가 제 스스로 일어설 힘도 없습니다. 다른 나뭇가지에 얹혀야만 간신히 넝쿨을 뻗고 겨우 몸을 지탱하게 됩니다. 저 같은 것은 없어도 되는 존재입니다."

"……!"

왕이 이번에는 장미에게로 가서 물었다.

"장미야, 너는 왜 죽으려고 하느냐?"

장미가 말했다.

"폐하, 전 열매 맺지 못함을 슬퍼합니다. 꽃이 시들면 저는 한낱 가시덩굴에 불과합니다. 세상 사람들이 혐오해 마지않는…… 그래서 저는 죽기로 결심했습니다."

장미는 화려한 외모에 매혹적인 향기로 정원의 여왕으로 군림하고 있었다. 그의 자존심은 그 몸의 가시보다도 더 도도하게 솟아 있었다. 그러던 장미가 생을 덧없이 여기다니! 그의 죽음에 왕은 한없이 절망하였다.

"전나무야, 너까지 왜 이렇게 내 마음을 아프게 하느냐?"

수려한 가지를 마음껏 뻗으며 잘생긴 이마를 들어 구름을 바라보면서 사계절 내내 푸르름을 자랑하던 전나무였다.

"폐하, 저야말로 쓸모없는 존재입니다. 꽃을 피울 수가 있나요, 아니면 열매를 맺을 수 있나요? 공연히 큰 몸뚱이만 가지고 발 밑 풀들의 해만 가리고 있습니다."

"대체 그 무슨! 말도 안 되는 소리야!"

슬픔에 잠긴 왕의 목소리는 어느새 노여움까지 띠고 있었다.

"너희들의 그런 태도는 겸손이 아니다. 한낱 그 잘난 오만에 불과한 것이지! 좋다! 그렇게들 죽는 게 소원이라면 모두 죽어!"

유난히도 생명을 아끼고 사랑하는 왕이었지만 자기 목숨을 우습게 여기고 살기를 거부하는 것들까지 어떻게 할 수는 없는 그였다.

곳곳에 즐비한 주검의 유령들을 뒤로하고 돌아서는 왕의 얼굴에는 고통과 배신에 깊은 회한이 파고들고 있었다.

그런데 이건 또 뭔가? 숱한 발길이 오가는 층계의 돌 틈을 비집고 건강하게 솟아오른 꽃 대롱이 정오의 햇살을 받으며 황금색 꽃잎을 활짝 펴고 있는 것이 아닌가. 바로 민들레였다.

왕이 조금은 믿지 못하겠다는 표정으로 허리를 굽혀 민들레에게 물었다.

"민들레야, 다들 죽겠다고 아우성인데 넌 안 그런 모양이구나?"

민들레가 다소곳이 대답했다.

"폐하, 전 민들레입니다. 민들레 외에 다른 무엇도 되기를 원치 않습니다."

"?"

"전 장미가 아닌 것을 한탄하지 않습니다. 포도나무처럼 열매 맺지 못하는 것을 부끄러워하지도 않습니다. 전나무처럼 사시사철 푸르게 서 있지 못함을 슬퍼하지 않습니다. 전 다름 아닌 민들레이기 때문이지요."

"……!"

"폐하의 정원 한 귀퉁이 이 돌층계 틈이 바로 저의 영토입니다. 저는 바로 여기서 세계로 나아갈 꿈을 꿉니다."

그렇게 말하는 민들레의 머리 위로는 더욱 찬란한 햇살이 쏟아지고 있었다.

왕이 감동 어린 표정으로 키 작은 민들레에 입을 맞추면서 말했다.

"훌륭하구나 민들레야, 장하구나! 네가 아니었으면 난 하마터면 한없이 어리석은 왕이 될 뻔했구나. 오! 하마터면 이 세상에서 가장 아름다운 생명 하나를 영영 잊고 살 뻔했구나!"

그 뒤 자신의 온 정원에 민들레꽃을 가득 채운 그는 훌륭한 왕이 되었다.

　　강물은 배를 물 위에 띄우기도 하지만 뒤집어엎을 수도 있다. 민중은 명령하기도 하고 주재(主宰)하기도 하는 힘이다. 하지만 그 힘의 근원은 아무도 모르며 또 설명할 수도 없다. 이 힘이야말로 최후까지 가려고 하는 지칠 줄 모르는 열망의 힘임과 동시에 최후를 부정하는 힘이다. 끊임없이 자기 존재를 주장하고 죽음을 부정하는 힘이다.

죽음보다 강한 집착

 나이가 백 살이 되었다.

일생 동안 그는 더할 나위 없이 잘살았고, 자신의 삶이 허용하는 모든 것을 즐겼다. 그러나 이제 죽음의 신이 그를 찾아왔다.

"자, 이제 때가 되었다. 너를 데리러 왔다."

왕은 위대한 전사였고 수많은 전투에서 승리한 강자였다. 하지만 그런 왕이 이제는 부들부들 떨면서 죽음의 신에게 매달리고 있었다.

"하지만 죽기에는 아직 이릅니다."

죽음의 신이 말했다.

"너무 이르다고! 너는 지난 100년을 살았고 네 아이들조차 다 늙었다. 네 큰애 나이가 벌써 여든이 아니냐? 그런데도 너는 무엇을 더 원하느냐?"

100명의 아내와 100명의 자식을 둔 왕이 눈물까지 내비치며 애원하고 있었다.

"날 좀 봐주시오. 난 당신이 모습을 드러낸 이상 반드시 누군가를 데려가야 한다는 사실을 알고 있소. 만약 내가 내 아들 중에서 하나를 설득시킨다면, 당신은 그 아이를 데려가고 대신 나를 100년 동안 더 살도록 해주겠소?"

"허!"

왕의 간곡한 애원에 죽음의 신마저 두 손 들고 말았다.

왕은 100명이나 되는 자신의 아들들을 모아 놓고 말문을 열었다.

큰아들은 침묵을 지켰다. 다른 아들들의 반응도 냉담했다. 누구도 입을 열지 않았고 무거운 침묵만이 흘렀다. 그때 유일하게 가장 나이가 어린, 올해 열다섯 살이 된 막내 아들이 일어섰다.

"제가 가겠습니다."

비정한 죽음의 신마저도 어린 소년에게는 미안함을 느꼈다.

"너는 너무 순진하구나. 넌 99명의 형들이 침묵을 지키고 있는 것을 보지 못했느냐? 내 형들은 위로는 여든이고, 그 밑으로 일흔여섯, 일흔넷, 예순인데 다들 더 살기를 바라고 있지 않느냐? 다시 한 번 생각해 보거라."

소년이 또박또박 말했다.

"아니에요, 그냥 이 상황을 보고 있자니 왠지 모든 것이 확실

해진 듯합니다. 그러니 슬프다거나 미안해하지 마십시오. 저는
완전무결한 각성 속에서 죽음을 맞이할 것입니다. 제 아버지가
100년을 사시고도 만족을 얻지 못하는데 제가 굳이 더 살아야
할 이유가 무엇입니까?”

“……!”

“저 역시 만족할 수 없을 것입니다. 99명의 형들도 저보다 오
래 살았으면서 아무것도 만족하지 못했어요. 그렇다면 왜 시간
을 낭비해야 합니까? 저는 여기서 끝장을 내고 싶습니다. 아무
도 만족하지 못하는 이 상황을 보세요. 저는 이 한 가지는 완전
히 이해할 수 있어요. 제가 만약 100년을 산다 해도 결국엔 만
족하지 못하리라는 것을. 그러니 제가 90년 후에 가든지 지금
가든지 다를 것이 없어요. 그냥 저를 데려가십시오.”

“네 뜻이 정히 그렇다면 나도 어쩔 수가 없구나.”

죽음의 신은 곧 그 소년을 데리고 갔다.

그로부터 다시 100년이 흐른
어느 날 죽음의 신이 다시 왕을 찾아왔다. 그렇지만 왕은 여전
히 삶에 미련을 버리지 못했다.

왕이 말했다.

“어이쿠, 100년이란 세월이 왜 이리 빨리 지나간담! 내 아들
들은 다들 늙어 죽었소. 그렇지만 나는 그동안 또 다른 아이들

을 낳았소. 나는 이번에도 내 아들들을 내줄 수 있소. 그러니 이번에도 내게 자비를 베풀어 주십시오.”

번번이 이와 같은 상황이 되풀이되었다.

무려 천 년 동안이나 왕은 이렇게 목숨을 연명하며 살았고 그 동안에 죽음이 열 번이나 찾아왔다. 죽음의 신은 아홉 번이나 왕의 아들들을 데려갔고 그때마다 왕은 100년씩을 더 살았다.

열 번째 죽음이 찾아왔을 때에야 왕이 말했다.

“당신이 처음 찾아왔을 때 나는 만족하지 못했는데, 그건 지금도 마찬가지요. 그렇게 즐겁지는 않아도 이번에는 내 당신을 따라가겠소이다. 천 년이 나를 만족시켜 줄 수 없다면 만 년이라고 어찌 나를 만족시켜 주겠소.”

생에 대한 무서운 집착을 버려야 한다. 생과 사에 대한 경계나 두려움을 떨쳐 버릴 수만 있다면 불현듯 다가오는 죽음의 순간도 편안히 맞이하리라.

왕과 체스

 왕이 별다른 까닭도 없이 어느 날 돌연 미쳐 버렸다.

신하들은 미친 왕을 구하기 위해 백방의 노력을 다했다. 국내는 물론 다른 나라의 온갖 명의가 다 달려들었지만 왕의 증상은 더욱 심해지기만 했다. 급기야 그들은 한 가지 묘안을 생각해 냈는데, 동굴 속에 산다는 어느 현자를 찾아가 방법을 묻는 것이었다.

은둔자 생활을 하는 그 현자를 찾아가 치료법을 묻자 현자는 먼저 이렇게 말했다.

"우선 샤만 왕에 대해 몇 가지 일러주시오. 취미라든가, 사고방식, 뭐 즐겨먹는 음식이라든가……."

그러자 한 신하가 대뜸 이렇게 말했다.

"왕께서는 체스를 즐겨합니다."

"호오!"

"그렇습니다. 체스 고수가 찾아왔다면 자다가도 벌떡 일어날 정도니까요."

"됐소. 그것으로 충분합니다."

현자가 말했다.

"온 나라를 다 뒤져서라도 체스 잘 두는 사람을 찾으시오. 그래서 그 사람이 원하는 건 무엇이든 들어주는 조건으로 당신네 왕과 체스를 두게 하시오."

현자의 말을 즉시 행동으로 옮긴 신하들은 얼마 지나지 않아 자타가 인정하는 체스의 고수를 만날 수 있었다. 하지만 그는 샤만 왕과의 체스 게임 자체를 꺼렸다. 체스라는 놀이 자체가 사람을 미치게 하는 것인데 미친 왕과 체스를 두다니…….

그는 자기를 찾아온 신하들에게 엄청난 액수의 돈을 요구했다. 그렇게 많은 돈을 요구하면 그 제의를 받아들이지 않아도 될 것이라고 나름대로 생각했다. 하지만 신하들은 즉시 그 요구를 들어주었고 그는 결국 왕궁으로 불려가 미친 샤민 왕과 시합을 벌여야 했다.

그로부터 딱 1년이 지난 뒤 신하들이 다시 동굴 속의 현인을 찾았다.

현인이 물었다.

“그래 요즘은 어떠시오?”

신하들이 대답했다.

“정말 훌륭하신 처방이었습니다. 기적이 일어났습니다. 이제 왕께서는 정상으로 돌아오셨습니다.”

“그것 참 다행이로군. 그리고, 그 밖에 다른 일은 없소?”

한 신하가 말했다.

“한 가지…… 왕과 체스를 하던 그 사람이 미쳐 버렸습니다.”

한 곳에 몰두하고 집념을 가져야만 마음의 안정을 얻을 수 있다. 죽을 때까지 한 마음 속에서만이라도 깊이 파고들어 갈 수 있다면 그것으로써 행복하리라.

삶의 지혜로 함께 걷는 길

가르칠 수 없는 것

아주 오랜 옛날, 스베타케투
라는 어린 소년이 아버지에 의해 깨달음을 얻은 한 스승에게 보
내졌다. 소년은 그곳에서 수년에 걸쳐 스승으로부터 배울 수 있
는 모든 것을 배웠다.

그는 모든 베다를 암송하고, 당시에 접할 수 있었던 모든 학문
과 과학에 통달했다. 그래서 위대한 학자가 되었으며, 그의 명
성은 온 나라에 퍼졌다.

이제 그의 스승이 말했다.

"너는 배울 수 있는 모든 것을 알았으니 이제 집으로 돌아가
도 좋다."

모든 것을 알고 깨달음을 얻었으므로 이제 더 이상 배울 것이
없다고 판단한 제자는 스스로 큰 자만심을 갖게 되었다. 곧 스

승에게 하직 인사를 하고 고향으로 향했다.

그가 마을 어귀로 들어섰을 때, 그의 아버지는 아들의 모습을 지켜보고 있었다.

그는 아들이 어떻게 걷고 있는지를 눈여겨보았다. 목과 어깨에 잔뜩 힘을 주고 걷고 있는 모습이 한눈에 보기에도 매우 자만심에 찬 발걸음이었다.

그런 아들의 모습을 본 아버지는 매우 슬펐다. 자신이 기대했던 진정한 현자의 모습이 아니었기 때문이다. 지고의 지식에 도달한 사람은 무언가를 알았다는 표를 내지 않는 법이었다.

위대한 학자가 되어 집에 돌아온 스베타케투는 자기 아버지가 매우 기뻐하리라 여겼다.

어딜 가도 모르는 사람이 없었고, 모든 사람들이 그에게 존경을 표했다. 그러나 아버지는 행복해하기는커녕 슬픈 표정을 짓고 있었다.

"왜 그렇게 슬픈 표정을 하고 계십니까?"

"내 너에게 꼭 한 가지 물어볼 것이 있다."

"말씀하십시오."

아버지가 물었다.

"그것 하나를 앎으로 해서, 더 이상 어떤 것도 배울 필요가 없는 그것을 너는 알고 있느냐? 또한 그것 하나를 앎으로 해서 모든 고통이 사라지는 그것을 너는 알고 있느냐? 배울 수 없는 그것을 너는 배웠느냐?”

아들의 표정 또한 그늘이 졌다.

“아니요. 하지만 저는 제 자신이 배울 수 있는 모든 것을 배워 알고 있습니다. 지금 제게 배우겠다는 사람이 있으면 누구에게나 제가 알고 있는 것을 가르칠 수 있습니다.”

아버지가 말했다.

“그렇다면 다시 돌아가라. 너의 스승에게 돌아가서 가르칠 수 없는 것을 가르쳐 달라고 해라.”

아들이 말했다.

“하지만 그런 말은 모순 됩니다. 가르칠 수 없는 것이라면 스승께서 어떻게 저에게 가르칠 수 있단 말입니까?”

아버지가 말했다.

“그것이 스승의 진정한 가르침이다. 그는 가르칠 수 없는 것을 너에게 가르칠 것이다. 다시 돌아가거라.”

하는 수 없었다.

스베타케투는 다시 스승에게 돌아가 절을 하고 말했다.

“제 아버님은 정말로 터무니없는 것을 위해 저를 다시 이리로 보냈습니다. 저는 지금 제가 어디에 있으며, 또한 스승님께 무엇을 여쭈어야 할지 전혀 알 수가 없습니다. 아버님은 절더러 배워서는 알 수 없는 것을 배우고 나서 돌아오라고 하셨는데, 대체 그것이 무엇인지요? 스승님께서는 지금까지 그것에 대해서는 단 한마디도 없으셨습니다."

스승이 입을 열었다.

"그것은 스스로 묻기 전에는 말할 수 없는 것이다. 너는 그것을 한번도 물은 적이 없다. 그러나 이제부터 너는 미묘한 여행을 하게 될 것이다. 명심하라. 그것은 너무도 미묘한 것이기 때문에 가르칠 수 없는 것이다. 내가 너에게 말할 수 있는 것이란 고작 간접적으로 돕는 정도일 것이다."

그러면서 명하기를, 적어도 스승이 데리고 있는 4백 마리 이상의 소와 그 밖의 가축을 데리고 인적이 끊어진 깊은 숲 속으로 들어가라는 것이었다. 어떤 말도 하지 말고 단지 가축들과 어울려 살라고.

"절대로 말을 해서는 안 된다. 가축들은 너의 어떤 말도 이해하지 못할 것이다. 계속 침묵을 지켜라. 그래서 4백 마리가 번식하여 1천 마리가 되거든 그때 돌아오너라."

스승은 계속해서 덧붙였다.

"숲 속에 들어가 혼자 살아라. 그곳에서는 생각이라는 것이 아무런 소용이 없다는 것을 알게 될 것이다. 너의 학자적인 자만심을 그곳에서 떨쳐 버려라."

스베타케투는 스승이 시키는 대로 숲 속으로 들어가서 가축들과 함께 수년을 살았다.

처음 며칠 동안은 무수한 잡념이 마음속에 떠돌아다녔다. 똑같은 생각들이 계속해서 맴돌았다. 그러나 나중에는 그것도 지겨워졌다.

4백여 마리의 가축과 새와 야생 동물과 나무와 바위와 냇물만 있을 뿐, 거기에는 대화를 나눌 수 있는 대상이 전혀 없었다. 동물들 앞에서 자만심을 내보인다는 것은 참으로 어리석고 부질없는 짓이었다.

스베타케투는 마침내 깨닫기 시작했다.

'내가 계속해서 에고의 상태로 남는다면 이 동물들이 얼마나 나를 비웃을까? 내가 지금 무슨 짓을 하고 있는 것인가……?'

그는 나무 그늘 아래 앉아 있거나, 냇가에서 낮잠을 즐기며 하루하루를 보냈다. 그러면서 그의 마음은 점차 침묵 속으로 빠져들어갔다.

어느덧 여러 해가 흘렀다. 이제는 자신이 언제 돌아가야 할 것인지도 까맣게 잊을 정도로 그의 마음이 사라져 버렸다. 아무런 생각도 존재하지 않을 정도로 그는 침묵 속에 머물러 있었다. 그에게는 시간이나 공간도 존재하지 않았다. 그는 단지 지금 그곳에 존재할 뿐이었다. 마치 동물처럼 순간에 살고 있었다. 그랬다. 그는 이제 한 마리의 소가 되었다.

가축의 숫자가 1천 마리가 되었을 때, 그들은 스스로 불편함을 느꼈다. 가축들은 스베타케투가 자기들을 스승이 계신 아쉬람으로 데리고 가길 원했다.

그러나 스베타케투가 까맣게 잊고 있었기 때문에 하루는 소들이 이 사실을 알려 주기로 했다.

"자, 이제 충분한 세월이 흘렀소. 우리가 1천 마리가 되었을 때 돌아와야 한다고 그대 스승이 말했다는 것을 우린 기억하고 있소. 지금이 바로 그때요. 우리는 돌아가야만 하오."

그래서 스베타케투는 비로소 동물들과 함께 돌아가게 되었다.

스승은 스베타케투가 1천 마리의 가축과 함께 돌아오는 모습을 자신의 오두막 앞에서 바라보며 제자들에게 말했다.

"봐라! 저기 1천 마리의 짐승이 오고 있다. 스베타케투는 없다!"

스베타케투는 완벽하게 침묵의 존재가 되어 있었다. 거기에는 어떤 에고나 자의식도 없었다. 단지 한 마리의 가축이 되어 함께 움직이고 있을 뿐이었다.

스승이 그를 껴안아 주면서 말했다.

"이제 그대에게 남겨진 과정은 없다. 그 사실을 그대는 이미 알고 있는데, 왜 새삼 나를 찾아왔는가?"

스베타케투가 몸을 굽히며 말했다.

"저는 단지 스승님께 경의를 표하기 위해 이곳에 왔습니다.

단지 스승님의 발을 만지기 위해서 온 것입니다. 스승님께서는
저에게 가르칠 수 없는 것을 가르치셨습니다."

스승은 어떤 것이 발생할 수 있는 상황을 창조하는 사람이다. 오직 간접
적인 도움만이 가능한 것이다.

소녀의 지혜

옛날 어느 마을에 마음씨 착한 한 소녀가 살고 있었다.

하루는 산적들이 그 마을을 털기 위해 산을 내려왔다. 그들은 첫 집으로 소녀의 집에 들이닥쳐 위협하며 집 안을 샅샅이 뒤지기 시작했다.

여러 졸개들을 거느린 산적 두목이 말했다.

"먼 길을 와서 그런지 목이 탄다. 우선 물이나 좀 마시자."

그러자 소녀가 무언가 생각이 난 듯 조용히 혼자만의 미소를 짓고 나서 그에게 말했다.

"제가 물을 떠다 드리겠습니다. 잠시만 기다려 주세요."

소녀는 방 안에 불을 밝히고 나서, 부엌 항아리에 있던 물을 대접에 따르면서 그 대접을 자세히 들여다보았다. 이에 성미가 급한 두목이 버럭 소리를 질렀다.

"무얼 꾸물대고 있어!"

소녀가 대답했다.

"물을 보고 있어요."

두목이 화를 내며 호통 쳤다.

"물은 왜 들여다보느냐? 어서 가져오기나 해!"

하지만 소녀는 조금도 두려워하는 기색이 없이 이렇게 말했다.

"이 물에 티끌이나 머리카락이 있으면 크게 결례가 될 것 같아서요."

"뭐라고?"

산적은 뜻밖이라는 듯 잠시 어리둥절해하며 말했다.

"우린 산적이다. 너희 집을 털어 가려고 들이닥쳤는데 물 떠다 주는 일에 왜 그리 마음을 쓰지?"

그러자 소녀는 이렇게 말했다.

"여러분은 산적이니까 남의 재물을 털어 가는 것이 당연합니다만, 저의 입장에서는 여러분은 저희 집을 방문하신 손님입니다. 주인이 손님께 마음을 쓰는 것은 당연한 일이 아닙니까?"

그리고는 소녀는 물이 깨끗하다는 것을 찬찬히 마저 확인하고 나서야 두목에게 그 물그릇을 건넸다.

산적 두목은 그 물을 받아 마시면서 왠지 기분이 좋아졌다. 그래서 소녀에게 말했다.

“넌 참 착한 아이구나. 내 여동생처럼 귀엽다. 아무쪼록 언제까지나 그 고운 마음씨를 간직하고 살거라.”

“그러겠어요.”

소녀가 여전히 미소 띤 얼굴로 말했다.

“그런데 두목님께서는 지금 저를 여동생처럼 귀엽다고 하셨지요? 그런데 말이죠. 그렇게 남의 물건을 훔치고 사람을 다치게 하다가 관군에게 붙잡혀 목을 베이게 될지도 모를 일 아니겠어요? 만일 제 오라버니가 그런 죽음을 당했다는 소식을 듣게 되면 제가 얼마나 슬프겠어요. 만일 진심으로 저를 동생처럼 생각하신다면 제발 그런 슬픈 소식은 듣지 않게 해주세요. 네……?”

“……!”

두목은 물론 그의 졸개들도 모두 소녀의 얼굴을 바라보기만 할 뿐 아무런 말이 없었다.

이윽고 두목이 자리에서 벌떡 일어났고, 그는 소녀의 등을 두어 번 두들겨 준 다음 조용히 밖으로 나갔다. 졸개들도 말없이 그 뒤를 따랐다.

그 날 밤 마을에서는 산적에게 재물이 털린 곳이 한 집도 없었고, 그 이후로부터는 그 무섭던 산적은 그림자조차 찾아볼 수 없게 되었다.

새가 우리의 머리 위로 날아가는 것을 막을 수는 없지만 머리 위에 집을 짓는 것은 막을 수 있다. 악한 생각은 마치 머리 위를 날아가는 새와 같아서 머릿속에 스쳐 가는 것을 막을 수는 없다. 그러나 우리에게는 그 악한 생각이 머릿속에 자리 잡고 들어앉지 못하게 물리칠 힘만은 있다.

•• M. 루틴

깨달음을 얻다

인도의 어느 도시에 어느 날 갑자기 젊고 아리따운 미인이 나타났다. 그녀가 어디서 왔는지, 그녀가 누구인지 아무도 아는 사람이 없었지만 그녀는 정말 눈이 부실 정도로 아름다웠다.

수많은 사람들이 그녀 주위로 몰려들었으며 3백 명 가까운 젊은 청년들이 다들 그녀에게 장가를 들고 싶어했다.

청년들에게 둘러싸인 채 그녀가 말했다.

"보세요. 전 하난데 당신들은 무려 3백 명이나 돼요. 전 딱 한 사람하고만 결혼할 수 있잖아요? 그러니 절 원하는 사람은 꼭 한 가지 관문을 통과하도록 하세요. 딱 하루를 드리겠어요. 그 하루 동안 누가 붓다의 연경전을 암송할 수 있다면 전 그 사람과 결혼하겠어요."

여인의 말에 청년들은 우르르 각자의 집으로 돌아갔다. 그리고 먹지도 자지도 않은 채 밤새도록 경전을 외웠다. 그리하여 3백 명 중 꼭 10명의 남자가 경전을 암송하는 데 성공했다.

이튿날 아침 그 10명의 암송을 다 듣고 난 여인이 다시 입을 열었다.

"여러분 모두 훌륭합니다. 하지만 저라는 여자는 여전히 하나뿐이잖아요? 제가 하나인데 어떻게 열 사람과 결혼할 수 있겠어요? 게다가 여러분들이 경전을 다 외웠다고는 하지만, 단순한 암송만으로는 부족해요. 이번에는 연경전의 의미를 설명할 수 있는 사람한테 기회를 드리겠어요."

이번에도 기회는 오직 하룻밤뿐이었다. 각자의 집으로 흩어진 사람들은 그 긴 경전의 의미를 파악하느라 발을 동동 굴러가며 열심히 공부했다. 그리고 이튿날 다시 여인 앞에 나타났을 때는 꼭 세 사람이 그 경전의 의미를 완벽하게 깨닫고 있었다.

여인이 다시 말했다.

"모두 수고하셨어요. 하지만 여전히 문제는 남는군요. 아직 세 분이 남았으니…… 다시 24시간을 더 드리겠어요. 이번에는 경전을 이해할 뿐만 아니라 그것을 경험한 사람에게 기회를 드리겠어요. 그러니 24시간 안에 경전을 경험하도록 하세요."

"경전을 경험하라고요……? 대체 어떻게……?"

황당해하는 세 사내에게 여인이 덧붙였다.

"당신들은 경전을 설명했는데, 그것들은 지적인 것에 해당하죠. 좋아요. 당신들은 어제보다 더욱 나은 이해력을 갖게 되었습니다. 하지만 지적인 이해력만으론 안 돼요. 전 간접적으로 조금이나마 경험해 보고 싶어요. 전 당신들의 존재가 연꽃이 된 것을 보고 싶어요. 전 그 향기가 그리워요……."

이튿날 다시 그녀를 찾아온 사내는 딱 한사람이었다. 확실히 그는 그녀가 원하는 모든 것을 이루었고, 게다가 오직 한 명이었다.

마침내 한 청년을 선택한 여인은 그를 도시 끝에 위치한 자기 집으로 데려갔다. 그녀의 집은 마치 하늘의 천국처럼 아름다웠다. 청년은 한번도 그렇게 멋진 집을 본 적이 없었다.

여인의 집 앞에 그녀의 부모가 나와 청년을 맞이했다.

"어서 오십시오, 환영합니다."

청년은 자기를 맞는 여인의 부모에게 정중히 예의를 취했고, 그들과 함께 안으로 들어가서 잠시 조촐한 대화를 나누었다.

이윽고 여인의 아버지가 말했다.

"자, 저 방으로 드시지요. 그 애가 당신을 기다리고 있을 겁니다."

청년은 기쁜 마음으로 그들이 가리키는 쪽으로 다가가 문을 열었다.

그런데…… 그곳에는 아무도 없었다. 뿐만 아니라 빈 방이었다.

그 빈 방에는 정원으로 통로가 하나 나 있었는데, 청년은 여인이 아마도 정원에 나가 있으려니 생각했다. 통로에 발자국이 나 있으므로 틀림없이 그녀는 거기에 있을 거라고 생각했다.

이윽고 그는 발자국을 따라 걷기 시작했다. 그런데 이상하게도 그 통로는 무척 길게만 느껴졌다. 거의 1킬로미터를 걸었을 무렵 정원이 끝나고 갑자기 아름다운 강물이 펼쳐졌다. 하지만 그녀의 모습은 여전히 보이지가 않았다. 발자국마저 끊기고 없었다.

"이럴 수가……!"

아무 것도 없었다. 그녀의 집도, 출입구도, 그녀의 부모들도, 여태껏 걸어왔던 긴 통로도…… 단지 발 밑에 그녀가 신었던 신발, 황금으로 만든 구두 한 짝만이 떨어져 있을 뿐…….

이제 모든 것이 공허했다. 비로소 청년은 커다란 웃음을 터트렸다.

여인은 참된 스승을 의미하고 청년은 진리를 탐구하는 제자를 상징한다. 그는 그녀에게 천천히 점차적으로 인도 되었고 마침내 깨달음에 다다르게 된다. 이야기는 진리의 전수와 배움의 길이 어떠해야 하는가를 상징하고 있다.

꽃잎과 푸른 잎

어느 집 정원에 아름다운 꽃나무 한 그루가 서 있었다. 그 집을 방문하는 손님들은 하나같이 그 꽃나무에 대한 칭송을 아끼지 않았다.

"어머, 정말 아름다운 꽃나무구나!"

"정말 대단한데!"

정원에는 다른 꽃들도 많았지만 사람들의 시선을 잡아끄는 것은 오직 그 꽃나무뿐이었다.

사람들의 칭찬이 잦아지면 잦아질수록 그 꽃나무에 매달린 꽃송이들은 이런 생각에 사로잡혔다.

"우리가 좀 더 아름답게 보일 순 없을까?"

"글쎄 말이야, 아마도 내 앞을 가로막고 있는 이 이파리가 없다면 내 예쁜 모습이 훨씬 더 잘 보일 텐데……."

“그러게 말이야……."

그러던 어느 날이었다.

유독 심한 자만심에 빠져 있던 한 꽃송이가 다른 꽃송이들의 만류를 뿌리치고 끝내 고집을 부렸다. 그만 꽃나무 가지에서 휙 뛰어내린 것이다.

나뭇가지에서 바닥으로 뛰어내린 그 꽃송이는 한동안 다른 꽃들보다 훨씬 더 예쁘고 눈에도 잘 띄었다. 하지만 그 꽃송이는 얼마 못 가서 시들어 버리고 말았고, 결국에는 누군가에 의해 쓰레기통에 처박혀졌다.

처량해진 그 꽃송이를 굽어보며 꽃들이 속삭였다.

“넌 참 바보구나. 우리가 푸른 잎사귀 사이를 떠나지 않는 것은 이것들 때문에 우리가 더 붉고 아름답고 향기로워질 수 있기 때문이야.”

떨어진 꽃은 뒤늦게 회한의 눈물을 흘렸지만 소용이 없었다.

공중을 날겠다는 생각이 헛된 것처럼 자신을 드높이려는 생각 역시 헛된 것이다. 자신을 드높이면 오히려 사람들에게 반감을 불러일으킬 것이며, 그들의 눈에서 멸시의 표정을 읽게 될 것이다.

•• 레프 니콜라예비치 톨스토이

내일은 없다

어느 작은 마을, 삼형제가 한 집에 살고 있었다. 이들 형제의 집에 어느 날 거지가 찾아와 식량을 구걸했다.

큰형은 거지를 당장에 내치고 싶었으나 자신의 인색함을 동생들한테 보여주기는 싫었다.

그래서 나지막이 이렇게 말했다.

"내일 다시 오십시오."

큰형의 말에 거지는 힘없이 돌아서서 그 집을 떠났다.

그런데 그때 형제들 가운데 가장 어린 막내가 크게 웃으면서 집 밖으로 뛰어나가려 했다.

큰형이 물었다.

"너 어딜 가는 거냐?"

“아까 그 거지한테 가려고요.”

“?”

“형님은 시간이 언제나 똑같이 오는 것이라고 생각하실지 모르지만 전 그렇게 생각 안 해요.”

막내의 짧은 말에 큰형은 깨달았다.

“맞다. 어떻게 내일이라고 단정할 수 있는가. 내일이면 내가 여기에 없을지 모르고, 또한 거지에게도 내일이 오지 않을 수 있는 것 아닌가!”

막내의 말에 깨달음을 얻은 큰형도 거지를 붙잡기 위해 황급히 집을 뛰쳐나갔다.

똑같은 시간의 반복이란 있을 수 없다. 흐르는 시간은 흐르는 바람과 같은 것, 다시 움켜잡을 수 없는 법이다. 우리의 오늘은 내일과는 전혀 다른 시간이다.

세 가지 단어

 페르시아 말을 단 몇 마디밖에 알지 못하는 어떤 무식쟁이를 추종하여 따라다녔다. 그 무식쟁이는 스승이랍시고 그들에게 딱 세 가지의 페르시아 말을 가르쳐 주었는데 그것은 '우리', '아닙니다', '행복' 이라는 단어였다.

그 세 단어를 익힌 미국인 제자들은 지식을 얻었다고 자신하고는 곧 성지순례를 떠났다. 여러 날 순례를 하던 그들이 페르시아의 어떤 마을에 도착했을 때였다. 인적이 드문 거리를 지나는데 문득 길바닥에 쓰러져 있는 사람이 눈에 띄었다. 이상히 여겨 가까이 다가가 살펴보는데, 갑자기 주위에서 우르르 사람들이 몰려나와 소리쳤다.

"살인이다!"

“누가 이 사람을 죽였지?”

사람들의 아우성에 그들은 몹시 당황해했다. 자칫하면 억울한 누명을 쓰고 살인범으로 몰릴 판이었다. 그래서 어떻게든 위기를 모면해 볼 생각으로, 먼저 첫 번째 미국인이 자기가 아는 유일한 페르시아 말을 했다.

“우리.”

그 말을 들은 사람들이 가만히 놓아둘 리 없었다. 그들 세 사람은 곧 법정으로 끌려갔다. 재판관이 그들을 심문했다.

“그대들은 왜 하필 그때 거기서 어슬렁거리고 있었는가?”

그러자 두 번째 제자가 자신이 아는 유일한 단어를 말했다.

“아닙니다.”

재판을 구경하고 있던 사람들이 아우성쳤다.

“거짓말이다!”

“놈들은 살인자다!”

재판관이 군중의 동요를 가라앉히고 나서 다시 물었다.

“그래, 그 사람을 죽일 때 그대들의 심정은 어떠했는가?”

그러자 세 번째 제자가 역시 자신이 알고 있는 유일한 페르시아 단어를 말했다.

“행복.”

군중들이 더욱 들끓었다.

“뭐? 행복이라고? 짐승 같은 놈들!”

"놈들을 사형시켜라!"

"죽여라!"

재판관이 다시 물었다.

"무슨 이유로 그를 죽였지?"

군중들의 야유와 저주, 그리고 계속되는 심문에 세 명의 미국인은 몹시 당황해하면서도 자신들이 처한 상황이 매우 불리해지고 있다는 사실을 직감했다. 그래서 세 사람은 어떻게든 자신들의 무고함을 알리기 위해 일제히 각자가 아는 페르시아 말을 외쳤다.

"우리는!"

"행복하지!"

"아니요!"

그 소리를 들은 재판관이 단호한 어조로 판결을 내렸다.

"음, 체제에 대하여 불평이 많은 자들이로군. 이 자들이야말로 의심할 여지없는 간악한 살인자들이 분명하다. 모두 사형에 처하도록!"

교육은 우리를 야수보다도 더 어리석게 만들어 놓았다. 여기저기서 수천의 목소리가 우리에게 들려오고 있는데도 우리들의 귀는 잡다한 지식으로 완전히 막혀 버렸기 때문이다.   ••장 지로도

돌팔이들

 심하게 일그러진 얼굴로 다리를 절뚝이며 걸어가고 있었다.

마침 곁을 지나다가 그를 발견한 의사가 말했다.

"내 보아하니 당신은 맹장에 문제가 있음에 틀림없소. 당장 우리 병원으로 가 수술을 받읍시다."

고통에 괴롭던 그 남자는 별 망설임 없이 그 의사를 따라가 맹장 수술을 받았다. 그런데 이상하게 수술을 마친 뒤에도 별 차도가 없어 보였다. 그래서 이번에는 다른 의사를 찾아갔는데, 그 의사는 몸의 균형 감각에 이상이 있다면서 한쪽 귀의 고막 치료를 권했다. 하지만 그 수술도 별 도움이 되지 못했다.

다시 다른 병원을 찾아가 보니 그 병원 의사는 항생제 치료를 권했다.

그러나 그것도 그때뿐이었다. 다시 다른 의사를 찾아갔더니 이번에는 편도선을 제거해야 한다고 했고, 그래서 다시 수술을 받았다.

그 남자는 그런 식으로 병원 이곳저곳을 전전했고, 그럴 때마다 몸의 기관 하나 하나가 없어져 버렸다.

그로부터 몇 달이 지난 어느 날이었다.

남자가 모처럼 평온한 얼굴로 거리를 걷고 있는데, 한때 그를 치료한 적이 있는 한 의사가 달려와 아는체를 했다.

"정말 놀랍군요. 이젠 거의 완치가 된 것 같습니다. 난 비록 실패하고 말았지만 어떤 유능한 의사 분께서 결국 당신의 병을 고쳐 놓았군요."

"흥, 의사라고?"

그 남자가 화를 내며 말했다.

"당신네 수많은 돌팔이들이 치료를 한답시고 내 몸 이곳저곳에 손을 댔소. 하지만 나를 고친 건 바로 내 자신이오. 구두 밑창에 박힌 못을 뽑아 버린 사람은 바로 나니까!"

아마추어들은 그것이 좋은 기회인지 아닌지 생각하다가 그 기회마저 놓친다. 그러나 프로들은 일단 해 놓고 좋고 나쁜지를 생각한다. 아마추어의 세계는 강한 자가 이기지만, 프로의 세계는 이긴 자가 강하다. 프로는 결과가 전부다.

미쳐 버린 왕

어떤 미친 사람이 우물에 독약을 풀었다. 누구든지 그 물을 마시면 미쳐 버리고 마는 그런 독약이었다.

그 나라에는 마침 우물이 딱 두 개밖에 없었다. 하나는 독약을 탄 평민들의 우물이었고, 하나는 궁궐의 왕이 마시는 우물이었다.

시간이 지남에 따라 우물물을 마신 백성들이 하나둘씩 미쳐 가기 시작했다. 그들은 소문에 의해 그 우물물을 마시면 미쳐 버린다는 사실을 알고 있었지만, 자신들이 마실 우물이 그것밖에 없었으므로 마시지 않고는 버틸 수가 없었다. 날씨마저 무더운 한여름, 백성들은 너나 할 것 없이 그 우물물을 퍼마셨고 결국 온 나라 사람들이 미쳐 날뛰기 시작했다. 하지만 궁궐 안에 머물러 있던 왕에게는 전혀 위험이 없었다. 그와 궁궐 식구들이 마실 수 있는 온전한 우물이 따로 있었기 때문이다.

멀쩡한 왕이 보기에 백성들은 이미 제정신이 아니었다. 정신없이 웃고 떠들며, 춤추고, 그야말로 난리법석이었다. 이성을 잃고 흐느적거리는 백성들의 모습은 흡사 지옥의 한 광경 같았다.

백성들은 더욱 미쳐 갔고, 궁궐에 머무르고 있던 군속들 역시 예외가 아니었다. 병사들과 신하들마저 그 물을 마시고 미쳐 버렸다. 온전한 것은 왕과 여왕, 식구들과 몇몇 측근들뿐이었다.

나라가 그 지경에 이르자 왕은 큰 걱정에 사로잡혔고, 급기야는 측근들을 모아 놓고 어떻게 해야 할지 의견들을 물었다.

"이 일을 대체 어쩌면 좋겠는가? 무슨 묘안이 없는가?"

다들 입을 꾹 다물고 있는데 그때 대신 하나가 입을 열었다.

"폐하, 꼭 방법이 없는 것은 아닙니다만……."

"그래? 그 방법이 뭔가?"

왕의 물음에 대신은 이렇게 말했다.

"예, 폐하께서도 그 우물물을 마셔 버리는 겁니다."

"뭐라고?"

"송구합니다만 다른 방법이 없습니다. 서두르시는 게 좋겠습니다."

왕의 입장으로 보면 당치도 않은 일이었지만 신하들은 이미 마음을 굳힌 듯했다. 결국 신하들의 독촉에 못 이긴 왕은 백성들과 마찬가지로 그 우물물을 마셨고, 이윽고 그도 미쳐서 온몸을 흔들며 춤을 추기 시작했다.

그러자 왕의 그런 모습에 온 백성들이 소리치며 좋아했다.

"오, 감사합니다. 우리 임금의 마음이 이제야 돌아왔습니다."

현인과 바보의 사이를 갈라놓는 벽은 거미줄보다도 얇다.

•• 칼릴 지브란

의사가 된 과학자

과학에 흥미를 둔 젊은 청년
이 있었다.

그런데 그의 부친은 청년의 과학적 재능과 취향에 대해 완강
히 반대했다. 허무맹랑한 과학도가 되느니 차라리 현실성 있는
의사가 되라고 강요했다.

"시간 낭비 말거라. 차라리 의사가 되는 것이 훨씬 실질적이
고 많은 사람에게 도움이 될 것이다."

부친의 완곡한 실득에 결국 청년은 의사의 길을 선택했디.

오랜 세월 공부 끝에 의사가 된 그를 찾아온 첫 환자는 폐렴을
앓고 있는 재단사였다.

재단사의 증상을 듣고 난 의사는 먼저 책을 뒤지기 시작했다.
그는 찾고 또 찾았다. 마침내 기다리다 못한 재단사가 따졌다.

“이것 보시오. 의사 선생, 대체 얼마나 더 기다려야 합니까?”

그러자 의사는 책에 파묻고 있던 얼굴을 들어 이렇게 말했다.

“내가 보기에 당신의 병은 치료가 불가능해 보입니다. 도저히 나을 가망성이 없습니다. 아마도 앞으로 일주일을 넘기기 힘들 것이오.”

“그게, 정말입니까……?”

재단사는 매우 절망하여 곧 집으로 돌아갔다.

그런데 놀라운 일이 벌어졌다.

보름쯤 지난 어느 날 우연히 재단사의 집 앞을 지나게 된 의사는 그 제단사가 건강하고 활기에 가득 차서 일하는 광경을 목격하게 된 것이다.

놀란 의사가 그에게 다가가 물었다.

“당신이 살아 있다니 정말 믿어지지가 않는군요! 수많은 책을 뒤져 보았지만 이런 경우는 단 한번도 없었거든요. 대체 어떻게 병이 나은 거요?”

재단사가 말했다.

“당신은 내가 일주일도 못 살고 죽을 거라고 말했소. 그래서 난 기왕 죽을 거 며칠 안 남은 여생이나마 원 없이 즐기기로 했습니다. 내가 가장 좋아하는 음식은 감자 팬케이크인데, 나는 당신의 병원 문을 나서기가 무섭게 곧장 레스토랑으로 가서 서른다섯 개의 감자 팬케이크를 주문했습니다. 그걸 다 먹고 나자 갑자기 속에서 격렬한 힘의 파동이 솟구치는 걸 느꼈습니다. 그런 일이 있고 나서 난 완전히 회복되었습니다.”

“그렇게 된 일이군요.”

재봉사의 말을 다 듣고 난 의사는 돌아와서 꼼꼼히 진료 차트를 정리했다. 서른다섯 개의 감자 팬케이크야말로 심한 폐렴에 즉효라고.

그런데 이튿날 찾아온 두 번째 환자의 병명 역시 공교롭게도 폐렴이었다.

진찰을 마친 의사가 그 나이 어린 구두 수선공에게 말했다.

“아무 염려 말거라. 여태껏 불치의 병이었지만 이젠 그 병도 치료가 가능하니까.”

“그게 정말입니까?”

“그럼. 지금 당장 길모퉁이에 있는 레스토랑에 가서는 감자 팬케이크 서른다섯 개를 주문해서 먹는 거야.”

“감자 팬케이크 서른다섯 개를요?”

“그래! 꼭 서른다섯 개를 먹어야 해. 안 그러면 넌 일주일도 못 살 거야.”

그로부터 일주일 뒤 의사는 그 소년이 일하는 구두점을 찾아갔다.

그런데 소년은 보이지 않고 같이 일하는 소년의 아버지가 의사의 멱살을 부여잡으며 이렇게 소리쳤다.

"그 돌팔이가 바로 당신이었군 그래!"

"?"

"우리 애가 당신이 시키는 대로 서른 다섯 개나 되는 감자 팬
케이크를 한꺼번에 먹고 배탈이 나 죽었단 말야!"

간신히 그곳을 빠져나온 의사가 자기 진료 차트에 다음과 같
이 적었다.

'서른다섯 개의 감자 팬케이크, 재단사는 살렸지만 수리공 소
년은 죽게 만들다.'

아무리 책을 읽어도 현명해지지 않는다는 사람은 자기 자신의 지능 결함
따위는 좀처럼 의심해 보지도 않은 채, 낱말이 이해하기 어렵다느니 문장이 애매하
다고 투덜대고는 마침내 자신이 해석할 수 없는 책이 어떤 이유로 만들어졌느냐는
참으로 어이없는 불만을 갖게 된다.

•• 사무엘 존슨

세 가지 소원

한 남자가 완전히 파산했다.

그는 아내로부터 이혼을 당했으며 설상가상으로 직장에서도 쫓겨났다. 친구들로부터도 무능하다는 낙인이 찍혔고, 은행 빚을 갚지 못해 집마저 저장잡혀 버렸다.

모든 것을 잃어버린 그 남자는 이제 자신에게 남은 일이라곤 스스로 목숨을 끊는 것뿐이라고 생각했다. 그래서 다리에서 떨어져 죽어 버리려고 도시에서 제일 높은 다리 위로 걸어 올라갔다. 그리고 다리 맨 꼭대기에서 봄을 던지려는 찰라, 바로 그때 밑에서 날카로운 외침이 들려왔다.

"안 돼요! 뛰어내리지 말아요! 내가 당신을 구해 주겠소!"

남자가 고개를 숙여 밑을 살펴보았다. 하지만 보이는 것은 없었다.

“거기 누구요?”

남자의 물음에 밑에서 대답했다.

“난 요술쟁이예요.”

그 요술쟁이라는 말은 절망 끝에 다다른 남자의 호기심을 붙잡기에 충분했다.

남자는 뛰어내리는 일을 잠시 미루고 목소리가 들려오는 다리 아래쪽으로 가 보았다. 그랬더니 거기에는 다 늙은 주름투성이의 노파가 서 있었다.

노파가 그를 빤히 쳐다보며 입을 열었다.

“비록 겉모습은 이렇지만 나는 틀림없는 요술쟁이예요. 만약 내가 시키는 대로 따라 주기만 하면 세 가지 소원을 들어주겠어요.”

그 말을 들은 남자가 속으로 생각했다.

‘어차피 죽으려던 목숨, 지금보다 더 나빠질 상황이 어디 있겠는가!’

“좋소, 당신의 제안을 받아들이겠소. 근데 당신이 시킬 일이란 게 대체 뭡니까?”

“나와 함께 하룻밤을 보내는 것이에요.”

남자는 곧장 그녀를 따라갔고, 결국 그녀가 원하는 대로 응해 주었다. 생각만 해도 끔찍하고, 정말 죽기보다 싫은 일이었지만 남자는 그녀가 원하는 요구를 들어주었다.

이튿날, 간밤의 기나긴 악몽으로부터 깨어난 남자가 추한 노파에게 요구했다.

"난 간밤에 당신이 요구하는 모든 것을 들어주었소. 자, 그러니 이번에는 당신이 약속을 들어줄 차례요. 내 세 가지 소원 말이오."

그러자 노파가 빤히 그의 얼굴을 올려다보며 물었다.

"올해 당신 나이가 얼마죠?"

"새삼스럽게 그런 건 왜 묻소?"

그러면서도 남자는, 혹시 나이가 세 가지 소원과 관련이 있는 것일지도 모른다는 느낌에 선뜻 말해 주었다.

"올해 마흔다섯이오."

그러자 노파가 긴 한숨을 내쉬더니 짧게 한마디 던졌다.

"아니, 그 나이가 되도록 요술쟁이가 있다고 믿는단 말이에요?"

'언제나 청춘'이란 말은 무지며 스스로의 삶에 대한 속임수다. 인생이란 늙어 서서히 죽어 가면서 완성되는 것이다.

동굴 속의 보물

이삭은 깊은 산 속에 있는 동굴을 향해 열심히 산을 올랐다.

소문에 의하면 두터운 문이 가로막고 있는 그 동굴 안에는 엄청난 보물이 쌓여 있었다. 그 동굴 문은 아주 드물게 열리는데, 보물을 차지하기 위해서는 문이 열리는 시간을 정확히 맞춰야 했다. 정확한 일시를 맞추기 위해 무척 애를 쓴 덕택에 이삭은 다행히도 제 시간 안에 그 동굴 앞에 도착할 수 있었다.

때가 되었고 신기하게도 동굴 문이 스르르 열렸다. 이삭은 주저 없이 그 열린 동굴 안으로 걸어 들어갔다.

얼마나 들어갔을까. 어두컴컴한 동굴 속을 걷던 이삭은 곧 눈앞이 환해지는 것을 느낄 수 있었고 이윽고 산더미처럼 쌓인 보물을 발견했다.

이삭의 입에서는 자신도 모르게 탄성이 흘러나왔다.

"우와! 정말 굉장하군!"

이삭은 동굴이 열려 있는 시간이 극히 짧고 제한되어 있다는 사실을 잘 알고 있었다. 그래서 몸을 빠르게 움직여 준비해 간 포대에 그 보물을 쓸어 담았다. 그리고는 보물이 가득 담긴 포대를 걸쳐 메고 들뜬 마음으로 동굴을 벗어나기 시작했다.

그런데 얼마나 지났을까. 동굴을 벗어나 산을 내려오던 이삭은 갑자기 동굴 안에 두고 온 지팡이를 떠올리게 되었다. 그 지팡이는 어떤 소중한 사람으로부터 선물 받은 것으로 매우 의미가 있는 것이었다.

그는 무거운 보물을 내려놓고 즉시 동굴 속으로 뛰어갔다. 그런데 이삭이 다시 동굴 안으로 들어간 사이에 문이 닫힐 시간이 되었고, 미처 빠져나오지 못한 그는 그 동굴과 함께 영영 사라져 버리고 말았다.

부귀 속에서 성장한 사람은 욕심이 성난 불길과 같고, 권세가 사나운 불꽃과 같다. 만약 조금이라도 맑고 서늘한 기미를 띠지 않으면 그 불꽃이 남을 태우는 데 이르지 않는다 할지라도 끝내는 자신을 태워 없애 버리리라.

•• 채근담

달마와 양무제

달마는 석가모니 부처 이후
두 번째로 깨달은 사람으로서 모든 불교도들 사이에 우뚝 솟아
있다.

그는 4세기경 인도 남부에 있었던 팔라바스 제국의 왕자로 태어났다. 황제의 셋째 아들로 태어난 달마는 태어나면서부터 모든 것을 깨달았을 정도로 뛰어난 지성을 가진 인물이었다. 그래서 부왕이 그를 후계자로 삼으려 했지만, 그는 왕자의 자리를 일거에 포기했다.

달마는 중국으로 간 첫 번째 깨달은 사람이었는데, 그에 대해서는 많은 전설이 전해 내려오고 있다. 그 첫째가 바로 중국의 황제 양무제(梁武帝)를 만난 일이었다.

달마가 중국에 들어온다는 소문은 이미 파다하게 퍼져 있었다. 그는 인도를 출발하여 무제를 만날 때까지 3년이라는 세월을 여행했던 것이다.

한편 무제 역시 불교 철학을 깊이 공부한 사람이었다. 그는 많은 불교 경전들을 한문으로 번역시키고, 수천 개의 절과 수도원을 지었다. 그는 위대한 덕을 지닌 왕이며 하늘에서 내려온 신으로까지 칭송 받고 있었다.

두 사람이 만났을 때 무제의 첫 번째 질문은 이랬다.

"나는 수많은 절을 짓고 수천 명의 학승들을 거느리고 있소. 또 불교의 진리를 연구하기 위해 여러 학교를 세웠소. 이 나라를 불교의 보물들로 가득 채우려고 노력했소. 그러면 나는 장차 어떤 보상을 받을 수 있겠소?"

사실 달마를 처음 본 무제는 적잖이 당황했다. 그가 예상했던 모습과 전혀 딴판이었기 때문이다. 달마는 매우 큰 눈을 가졌고 인상도 험악해 보였다. 하지만 그는 따뜻한 가슴을 지닌 사람이었다.

무제는 달마를 보며 두려움을 느꼈다. 그러나 그 두려움은 일반적인 공포가 아니라 내면의 공포였다.

무제의 질문에 달마가 대답했다.

"아무것도, 아무런 보상도 없소이다. 오히려 일곱 번째 지옥에나 안 떨어지면 다행이오."

황제가 항변하듯 말했다.

“하지만 나는 아무 잘못한 것이 없소. 왜 내가 지옥에 가야 합니까? 나는 승려들이 하라는 것은 다 했소.”

달마가 말했다.

“당신이 당신 자신의 목소리를 듣지 못하는 한 불교도든 불교도가 아니든 아무도 당신을 도와줄 수 없소. 지금까지 당신은 내면의 목소리를 듣지 못했소. 만약 그 소리를 들었다면 이처럼 어리석은 질문은 하지 않았을 것이오. 부처의 길에는 아무런 보상이 없소이다. 만약 당신이 절을 짓고 수천 명의 승려들을 먹여 살리는 행위가 공덕이라고 생각한다면, 이미 당신의 마음에는 욕망이 깃든 것이며, 그것은 곧 지옥으로 들어갈 준비를 하는 것이오. 만약 이 모든 것을 즐거움으로 행하고 그것을 이 나라 전체와 함께 나누며 어떤 욕망도 갖지 않는다면, 그것으로 이미 보상을 받은 것이오. 만약 그렇지 않는다면 당신은 완전히 빗나간 것이오.”

“……”

달마의 말에 무제는 더 이상 할 말을 잃고 말았다.

하늘과 땅을 보아라. 사라진 모든 것들을 생각하라. 우리의 시야에 나타났던 산과 강, 그리고 살아 있는 생물은 모두 흘러가는 것이다. 그러면 진리를 헤아릴 수 있을 것이다. 곧 흘러가지 않고 사라지지 않는 것들을 보게 될 것이다.

•• 불경

아둔한 뱃사공

몹시도 추운 어느 겨울날, 한 뱃사공이 어린 아들을 데리고 배를 저어 바다 멀리 나아갔다.

사방이 꽁꽁 얼어붙는 한겨울이었지만 힘겹게 노를 젓는 뱃사공의 얼굴에서는 땀이 줄줄 흘러내렸다. 그는 속옷만 남기고 겉옷을 훌훌 벗어 던졌다.

그는 선창 안으로 뛰어들어가 추위에 몸을 떨고 있는 아들에게 소리쳤다.

"애야, 몹시 덥구나. 어서 옷을 벗어라!"

뱃사공은 아들의 겉옷을 훌훌 벗기고 속옷만 입은 채로 두었다.

끼익, 끼익……! 노를 젓는 뱃사공의 온몸은 또다시 땀으로 흠뻑 젖었다. 이제 그는 몸을 가리고 있던 한 장의 속옷마저도 훌렁 벗어 던졌다.

"어유, 정말 덥구나 더워!"

다시 한 번 선창으로 뛰어들어간 뱃사공이 이번에는 아들이 입고 있던 남은 속옷마저 홀랑 벗겼다.

끼익, 끼익……!

뱃사공은 더욱 힘있게 노를 저어 나갔다.

그의 몸에선 더운 김이 무럭무럭 솟아올랐다.

하지만 그는 알지 못했다. 저 불쌍한 어린 아들이 선창 안쪽에서 꽁꽁 얼어 죽어 가고 있다는 사실을……!

본질적으로 인간은 자기밖에 모른다. 남과 입장을 바꿔 생각할 수 있을 만큼 현명하지가 못하다.

두 동자승

어느 산자락에 이웃한 두 절이 있었는데, 그 절들의 주지에게는 심부름을 하는 동자승이 각각 하나씩 있었다. 두 동자승은 절에서 필요한 채소나 물품 등을 시장에 가서 사오곤 했다.

그런데 이 두 절은 신도들을 두고 서로 경쟁적이다 못해 적대적이었다. 하지만 어린 동자승들은 그런 관계를 잊어버리고 길에서 만나면 서로 반가워했다.

하루는 시장에 다녀온 한쪽 절의 동자승이 주지에게 말했다.

"저는 정말 어찌할 바를 모르겠습니다."

"무슨 일이냐?"

"오늘 시장에 가는 길에 저쪽 절에 사는 애를 만나게 되어 그에게 어딜 가느냐고 물었습니다. 그랬더니 그 애는 바람 부는 대로라고 말했습니다. 그 소릴 듣고 저는 어떻게 대꾸해야 할지 몰랐습니다. 참으로 당혹스런 대답이었으니까요."

그러자 주지는 이렇게 말하는 것이었다.

"우리 절 사람들은 누구나 저쪽 절 사람들한테 져 본 역사가 없다. 따라서 너도 그 아이에게 이겨야만 한다. 내일 또 만나거든 다시 어딜 가느냐고 물어봐라. 그래서 그 아이가 바람 부는 대로라고 대답하면 너는 이렇게 되물어라. 바람이 없으면 어떻게 하니? 하고."

그 동자승은 밤새 잠을 이룰 수가 없었다. 이튿날 무슨 일이 일어날지를 상상하며 주지 스님이 말씀하신 것을 여러 번 되새겼다. 그가 물어보고 상대편 동자승이 대답하면 그는 얼른 준비한 질문을 던질 것이었다.

다음날 동자승은 길에서 다른 절 동자승을 기다렸다. 그리고 마침내 그를 만나 물었다.

"어딜 가는 중이니?"

동자승이 대답했다.

"발길 닿는 대로."

그러자 질문했던 동자승은 또 어찌할 바를 몰랐다. 자신의 질문은 정해 있었지만 상대의 대답은 전혀 예측하지 못했던 것이기 때문이었다.

동자승이 매우 침울한 표정으로 돌아와서 주지에게 말했다.

“그 애는 믿을 수가 없습니다. 대답이 바뀌었고 그래서 저는
또 무슨 말을 해야 할지 몰랐습니다.”

그러자 주지가 다시 일러주었다.

“내일 그 아이가 발길 닿는 대로라고 하면 너는 네가 절름발
이가 되거나 발을 다치면 어떻게 할래? 하고 물어라.”

동자승은 다시 잠을 이룰 수가 없었다.

동자승은 이튿날 일찌감치 나가서 그 동자승이 나타나기를
기다렸다. 그래서 그가 왔을 때 다시 물었다.

“어딜 가는 중이니?”

그러자 그 동자승이 대답했다.

“시장에서 야채를 사 오려고.”

그러자 질문했던 동자승은 매우 혼란스런 얼굴로 돌아와 주
지에게 말했다.

“도저히 안 되겠어요. 그 애 대답은 계속해서 바뀌고 있어요!”

실체는 고정된 현상이 아니라, 오직 지금 이 순간에 존재해야 한다. 만약
그대의 대답이 미리 고정되어 있다면 그대는 이미 놓친 것이며, 이미 죽은 것이다.
삶이 이와 같다.

수레공의 교훈

왕이 된 환공이 자기 방에서 독서를 하고 있었고, 목수가 뜰에서 수레바퀴를 깎고 있었다.

불현듯 수레공이 망치와 끌을 내려놓고 왕에게 다가가 물었다.

"폐하께서 지금 읽고 계시는 것은 무엇인지요?"

왕이 대답했다.

"성현의 말씀이라네."

수레공이 다시 물었다.

"그러면 그 성현들은 살아 있습니까, 죽었습니끼?"

왕이 대답했다.

"그야 오래전에 다들 죽었지."

그러자 수레공은 이렇게 말하는 것이었다.

"그렇다면 폐하께서 지금 읽고 계신 것은 옛사람이 남긴 찌꺼기로군요."

왕이 그 소리를 듣고 가만있을 리 없었다.

"수레공 주제에 무얼 안다고? 네 이놈! 당장 네놈이 한 말에 대해 이치에 닿는 설명을 해보거라. 만약 그렇지 못할 시에는 목숨이 없어질 줄 알라!"

왕의 호통에도 불구하고 수레공은 전혀 흔들림 없이 대답했다.

"저는 어디까지나 제 일에서 얻은 경험으로 미루어 말씀드린 것뿐입니다."

"그래도 이놈이!"

수레공이 침착한 어조로 말했다.

"수레바퀴를 깎을 때 너무 깎으면 헐렁해서 바퀴가 쉽게 빠져 버립니다. 또 덜 깎으면 너무 조여서 들어가지 않습지요. 그러므로 더 깎지도 덜 깎지도 않게 적절히 손을 놀려야 합니다. 그래야만 바퀴가 꼭 맞아 원하는 바대로 일이 됩지요. 하지만 이 기술은 손으로 익혀 마음으로 짐작할 뿐 말로는 다 설명할 수가 없습니다. 저는 그 요령을 심지어 제 자식놈에게조차 가르쳐 주질 못했고, 그래서 이렇게 나이 일흔이 넘도록 제 손으로 직접 수레바퀴를 깎고 있는 것입니다."

"……."

왕은 어느새 화를 거두어들이고 있었다.

수레공의 말이 이어졌다.

"마찬가지로 옛날 성현들 역시 자신들이 진정으로 깨친 사실을 아무에게도 전하지 못한 채 죽어 갔을 것입니다. 그렇다면 왕께서 지금 읽으시는 그 글이 그들이 간신히 남기고 간 찌꺼기가 아니고 무엇이겠습니까?"

가르침을 줄 때는 짧게 하라. 그러면 사람들은 그 교훈을 재빨리 이해하고 기억할 것이다. 필요 없는 말은 이미 가득 찬 술잔에 계속해서 따르는 포도주와 같다.

세상에서 가장 행복한 동행

초판 1쇄 발행일 2005년 7월 20일
개정 6쇄 발행일 2014년 9월 15일

엮은이 | 김하
펴낸이 | 김정재
펴낸곳 | 뜻이있는사람들
마케팅 | 김청운
본문디자인 | 한연재
표지디자인 | 이수디자인

등록번호 | 제 2014-000229호
주소 | 서울시 마포구 독막로 10(합정동) 373-4 성지빌딩 616
전화 | (02)3141-6147
팩스 | (02)3141-6148
이메일 | naraeyearim@naver.com

ISBN 978-89-90629-06-7 03810
ⓒ뜻이 있는 사람들

*값은 뒷표지에 있습니다.
*잘못 만들어진 책은 구입하신 서점에서 교환해 드립니다.

이 책에 실린 원고의 발췌를 금합니다.